Titolo originale: Ace on the Run

© 2024 Tina Folsom

Revisionato da kikiM

Illustrazione di copertina: Leah Kaye Suttle

ALTRI LIBRI DI TINA

Vampiri Scanguards

Desiderio Mortale (Storia breve #½)

La Graziosa Mortale di Samson (#1)

L'Indomita di Amaury (#2)

L'Anima Gemella di Gabriel (#3)

Il Rifugio di Yvette (#4)

La Salvezza di Zane (#5)

L'Amore Infinito di Quinn (#6)

La Fame di Oliver (#7)

La Scelta di Thomas (#8)

Morso Silenzioso (#8 ½)

L'Identità di Cain (#9)

Il Ritorno di Luther (#10)

La Missione di Blake (#11)

Riunione Fatidica (#11 ½)

Il Desiderio di John (#12)

La Tempesta di Ryder (#13)

La Conquista di Damian (#14)

La Sfida di Grayson (#15)

L'Amore Proibito di Isabelle (#16)

La Passione di Cooper (#17)

Il Coraggio di Vanessa (#18)

Guardiani Furtivi

Amante Smascherato (#1)

Maestro Liberato (#2)

Guerriero Svelato (#3)

Guardiano Ribelle (#4)

Immortale Disfatto (#5)

Protettore Ineguagliato (#6)

Demone Scatenato (#7)

Vampiri di Venezia

Vampiri di Venezia – Novella Uno (#1)

Tresca Finale (#2)

Tesoro Peccaminoso (#3)

Pericolo Sensuale (#4)

Fuori dall'Olimpo

Un Tocco Greco (#1)

Un Profumo Greco (#2)

Un Sapore Greco (#3)

Un Silenzio Greco (#4)

Il Club di Scapoli

L'Escort Legittima (#1)

L'Amante Legittima (#2)

La Moglie Legittima (#3)

Una Notte di Follia (#4)

Un Lungo Abbraccio (#5)

Un Tocco Ardente (#6)

Nome in Codice Stargate

Ace in Fuga (#1)

Fox allo Scoperto (#2)

Yankee al Vento (#3)

Tiger in Agguato (#4)

Hawk a Caccia (#5)

Time Quest

Ribaltare il Destino (#1)

L'Araldo del Destino (#2)

Thriller

Testimone Oculare

ACE IN FUGA

NOME IN CODICE STARGATE
LIBRO 1

TINA FOLSOM

1

Scott Thompson si pulì le mani sullo straccio inzuppato d'olio sul banco da lavoro e lanciò un'occhiata alla Ducati Diavel su cui stava lavorando. Ne aveva avuta una simile, qualche anno prima, ma le circostanze gli avevano imposto di passare a una Ducati Multistrada Touring, un modello molto più adatto alla fuga. Nelle valigie laterali teneva l'essenziale che gli consentiva di sparire in un momento: soldi, un'arma da fuoco, documenti d'identità falsi, un cambio di vestiti, un telefono non rintracciabile, chiavi e altri dispositivi elettronici. Era pronto a partire, se fosse stato necessario di nuovo. Come era successo tre anni prima.

Spinse i pensieri in fondo alla mente, non volendo ricordare il passato. Non era tornato nella casa in cui era cresciuto alla periferia di Washington, D.C. Era troppo pericoloso reclamare ciò che gli apparteneva, ora. Invece, era andato a lavorare in un'officina di riparazione motociclette a Cicero, appena fuori Chicago, e manteneva un basso profilo.

«Sei tu Scott?»

La voce femminile incerta lo fece girare sui tacchi e guardare verso la porta aperta del garage. La donna che stava lì non era la tipica motociclista che frequentava un'officina come quella di Al. Avrebbe potuto scommettere che non si era mai seduta su una moto, figuriamoci guidarla.

«Cosa posso fare per lei, signora?».

Lei gli rivolse un sorriso seducente, mentre i suoi occhi vagavano su di lui. Era contento che non fosse una giornata troppo calda e di non aver abbassato la tuta blu fino alla vita, come faceva spesso, per permettere alla leggera brezza di rinfrescare il suo corpo. Perché il modo in cui quella donna lo stava guardando già così, quando era completamente vestito, lo fece sentire più che infastidito. Come se fosse un pezzo di carne. Non gli era mai piaciuto quel tipo di donna, la ricca femme fatale che pensava di poter buttare soldi in giro per attirare uno stallone nel suo letto. Preferiva donne più concrete. Donne che avevano ancora un po' di innocenza. Beh, non *troppa* innocenza. Quanto bastava perché un uomo potesse almeno credere di essere quello che comanda.

«Mi hanno detto che potevi aiutarmi a scegliere una moto per mio marito. È un regalo di compleanno», disse lei, facendo le fusa.

Scott fece un cenno con il pollice verso la concessionaria a fianco, che apparteneva allo stesso proprietario dell'officina, Al, un bonario immigrato polacco di seconda generazione, con la pancia da birra e la testa calva. «Tutti i venditori sono alla porta accanto. Sono sicuro che saranno felici di aiutarla a trovare la moto giusta».

Si voltò di nuovo verso la Ducati e prese una chiave inglese dal banco da lavoro prima di accucciarsi di nuovo. Le sue orecchie captarono il rumore dei passi di lei che si avvicinava invece di uscire dal garage per entrare nel negozio. Involontariamente, si irrigidì.

«Il mio amico mi ha detto che sei un asso in quello che fai».

Asso? Come a dire Ace? Merda! Nessuno lo chiamava con il suo nome in codice da tre anni. Non era una buona notizia.

Alle sue parole, il suo addestramento entrò in funzione. Era qualcosa di così radicato in lui che nemmeno ora riusciva a disattivarlo. Si alzò in piedi e si girò di scatto, trovandosi faccia a faccia con la donna. In un attimo la bloccò contro il banco da lavoro, intrappolandole le braccia in modo che non potesse prendere un'arma.

«Chi ti ha mandato?» Scott grugnì, quasi ringhiando contro di lei.

Quando lui le diede un'occhiataccia, lei lo guardò con gli occhi impauriti di una cerbiatta colta alla sprovvista dalle luci di un'auto, con il petto ansante.

Le sue labbra tremarono, a testimonianza della sua paura. «Cosa stai facendo?»

«Chi?» Insistette lui, senza allentare la presa sulle sue braccia.

«Jenny».

La fronte di Scott si aggrottò, mentre cercava di individuare il nome. «Jenny chi?»

«Markovitz. Del salone della parrucchiera», aggiunse lei, cercando di allontanarsi da lui.

Il nome gli fece suonare un campanello. Ci vollero altri due secondi perché il suo cervello facesse il collegamento. Qualche mese fa, aveva avuto un'avventura di una notte con una parrucchiera di nome Jenny. Allora gli venne in mente. La donna che stava premendo contro il banco da lavoro non era qui per ucciderlo. Era qui per scoparlo.

«Hai sbagliato Scott», affermò e la lasciò andare.

Lei lo guardò, si sistemò i vestiti e sbuffò indignata. «Sì, ora lo vedo. Idiota! Attaccarmi in quel modo! Non si tratta così una cliente! Mi lamenterò di te con il tuo capo! Ti licenzierà!»

Scott strinse gli occhi. «Già che ci sei, assicurati di non dimenticare di dirgli che sei venuta qui per farmi una proposta».

«Come osi?» Disse lei a denti stretti, sollevando il petto ampio. «Non avevo alcuna intenzione di...»

«Ah no?» La interruppe, avvicinandosi. «Signora, lascia che ti dica una cosa. Sono un uomo e so quando una donna ci prova con me. Non vado a letto con donne come te. Quindi, se vuoi scopare, perché non seduci tuo marito, una volta tanto, e lasci in pace gli uomini come me? Perché la prossima volta che ti avvicini a uno sconosciuto, potresti imbatterti in qualcuno che è meno gentile di me». E lei non aveva nemmeno idea di quanto si fosse avvicinata alla morte, per aver pronunciato la parola sbagliata.

Le sue labbra si schiusero. Scott poté notare come stesse cercando una risposta, ma nessuna parola uscì dalla sua bocca.

«Qualcosa non va?» La voce roca di Al giunse all'improvviso dalla porta della concessionaria.

Scott girò la testa. «Credo che questa signora stia cercando una moto per suo marito, ma non è riuscita a trovare l'ingresso giusto». Le lanciò un'occhiata. «Non è così?»

Senza dire una parola, lei si girò e si avvicinò ad Al.

«Bene, lasci che le mostri cosa abbiamo in magazzino, allora, signora...?»

«Elroy», rispose e attraversò la porta che Al le aveva aperto.

Al gli lanciò un'occhiata interrogativa e Scott rispose con un'alzata di spalle, prima di tornare alla Ducati. Sapeva di aver esagerato, ma forse la signora Elroy avrebbe imparato una lezione. E cioè che fare proposte sessuali agli sconosciuti non era mai una buona idea.

Allo stesso tempo, ricordò le sue interazioni con la parrucchiera. La sua regola era di non rivelare molto di sé, alle donne con cui andava a letto, ma una sera Jenny si era presentata al bar locale che frequentava, dove molte persone conoscevano il suo nome di battesimo e il luogo in cui lavorava. Era l'unico motivo per cui era riuscita a sapere come contattarlo. Scott si era segnato di non scopare mai più con un'altra donna che sapesse dove trovarlo, anche se era un po' sorpreso dal fatto che le donne si passassero fra loro le avventure di una notte.

Però, in definitiva, cosa ne sapeva, lui, delle donne? Non aveva mai avuto una relazione sincera con una donna. Storielle, avventure di una notte, sì, e anche molte, come ogni uomo sano di trentasei anni. Ma nessuna relazione vera e propria, in cui la donna sapesse chi o cosa fosse. Era stata una necessità, nascondere la sua vera identità, e adesso lo era più che mai. Se certe persone avessero scoperto chi fosse, sarebbe già morto. E lui aveva intenzione di rimanere vivo.

Scott raccolse la chiave inglese che gli era caduta sul banco da lavoro quando aveva afferrato la signora Elroy e si voltò verso la Ducati, quando improvvisamente la sua vista si offuscò. Lasciò andare immediatamente la chiave inglese e si aggrappò al banco per sostenersi.

«Merda», imprecò e chiuse gli occhi, sapendo istintivamente cosa gli stesse succedendo.

Invece di trovare l'oscurità ad accoglierlo, vide una scena che si svolgeva davanti ai suoi occhi. Una scena che stava accadendo da un'altra parte.

L'uomo era seduto al posto di guida dello scuolabus. Dietro di lui, bambini eccitati parlavano l'uno sopra l'altro. Si sentivano sghignazzate e risate, poi ci fu la voce di una donna, ma i bambini facevano troppo rumore perché Scott potesse sentire cosa stesse dicendo. Non riuscì nemmeno a vedere lei o i bambini. Probabilmente era l'insegnante, anche se era strano che fosse sull'autobus con i bambini. Forse era una gita.

Tornò a concentrare la sua visione sull'autista dell'autobus. Indossava una camicia a righe a maniche corte e pantaloni kaki, ma Scott non ne vedeva il volto, solo la nuca. I suoi capelli castani avevano bisogno di essere tagliati e il cuoio capelluto lasciava intravedere la calvizie sulla sommità del capo. Aveva fatto un tentativo di riporto, ma i capelli non erano abbastanza lunghi.

L'uomo brontolò tra sé e sé, guardando a destra e a sinistra, mentre si avvicinava a un passaggio a livello. Diede un'occhiata all'orologio da polso. Mancavano tre minuti alle due. Era pomeriggio, notò Scott, e dal modo in cui il sole illuminava l'autobus e, a giudicare dai vestiti indossati dall'autista, sembrava che fosse estate. La mano dell'autista si allungò verso la radio. Alzò il volume, forse per soffocare le voci dei bambini.

All'incrocio ferroviario rallentò, lanciando un'altra occhiata a sinistra. Si posizionò sulle rotaie, poi fermò l'autobus.

Scott trattenne il respiro.

L'autista dell'autobus spense il motore ed estrasse le chiavi dall'accensione. La sua mano si avvicinò al meccanismo per aprire la porta, ma invece di aprirla sembrò solo scuoterla leggermente. Scott si concentrò sul meccanismo e vide che era stato tagliato e si reggeva solo su una scheggia. Si sarebbe spezzato, la prossima volta che qualcuno l'avesse toccato.

L'autista non perse tempo. Spinse il finestrino alla sua sinistra e vi si incuneò con una tale grazia che sembrava aver fatto pratica in precedenza. Una volta fuori, fece scorrere il finestrino per chiuderlo e tirò fuori qualcosa dalla tasca.

Scott sbirciò attraverso il finestrino e lo guardò incastrare un lucchetto in alcuni ganci all'esterno - ganci che non avrebbero assolutamente dovuto esserci - in modo che non potesse essere aperto.

Scott non riuscì a vedere dove fosse finito l'autista, perché in quel momento un movimento attirò la sua attenzione. I cancelli del passaggio a livello si stavano abbassando.

Merda!

Scott guardò lungo i binari della ferrovia, prima a sinistra e poi a destra, quando vide un movimento in lontananza. Da destra, un treno si stava avvicinando.

Gli occupanti dell'autobus erano ignari del loro destino. Il treno non sarebbe riuscito a fermarsi in tempo. Li avrebbe investiti in pieno. Inorridito, lasciò vagare lo sguardo, cercando di trovare qualche indicazione su dove e quando si sarebbe verificato l'evento che si stava svolgendo davanti ai suoi occhi.

Si concentrò, sapendo di avere ancora pochi secondi prima che la visione scomparisse. Lo faceva sempre, non appena si verificava il disastro.

Sul lato opposto del passaggio a livello era parcheggiata un'auto e un'altra era sull'altro lato della strada. Entrambe avevano la targa dell'Illinois, un buon indizio del fatto che il passaggio a livello si trovasse in Illinois. Stava cercando dei cartelli stradali, qualsiasi cosa che potesse aiutarlo a identificare il luogo, quando vide un numero di telefono su un cartellone pubblicitario. Un agente immobiliare pubblicizzava i suoi servizi con il prefisso 312, il prefisso di Chicago. Bene, gli agenti immobiliari facevano pubblicità solo a livello locale, quindi il passaggio a livello doveva trovarsi nell'area di Chicago. Ma Chicago era grande e c'erano molte linee ferroviarie che arrivavano in città e ancora più passaggi a livello.

La canzone alla radio si interruppe e al suo posto arrivò il DJ. «E questa era Stevie Nicks dei Fleetwood Mac. Che nostalgia, vero?»

Un'altra voce si unì a lui, anche questa proveniente dalla radio. «Riesci a indovinare chi canterà l'inno della partita di baseball di domani, White Sox contro Kansas City, proprio qui a...»

Il treno che colpì l'autobus interruppe la radio.

Le ginocchia di Scott cedettero e lui cadde in avanti, sentendo l'impatto fisicamente, Spalancò gli occhi e vide il terreno venire verso di lui. All'ultimo secondo si sostenne con le mani e rallentò la caduta, prima di toccare il duro pavimento di cemento del garage.

Il suo respiro era affannoso, quando si alzò a sedere. Si passò una mano tremante tra i capelli scuri, sentendo il sudore freddo sulla nuca.

I bambini della sua premonizione sarebbero morti, se non fosse intervenuto. Ne era certo. Aveva visto troppe visioni diventare realtà, per dubitare della loro autenticità. E aveva abbastanza informazioni per scoprire dove e quando sarebbe avvenuta la collisione: l'ora dell'orologio da polso gli indicava l'ora del giorno; la menzione della partita di baseball gli indicava la data; e con l'aiuto delle foto di Google Maps, da dove proveniva il sole e da quale direzione il treno era arrivato e aveva colpito l'autobus, avrebbe potuto trovare il passaggio a livello corretto nell'area di Chicago.

Ma sapeva anche un'altra cosa con certezza: se fosse intervenuto in questa tragedia incombente, avrebbe potuto esporsi e portare i suoi nemici dritti tra le sue braccia. Se lo avessero trovato, lo avrebbero ucciso.

Aveva il cuore in gola. Poteva permettere che tutti quei ragazzi morissero per proteggere la propria vita? Avrebbe potuto vivere con il senso di colpa di sapere di non aver fatto nulla per salvare quelle giovani vite?

2

«Merda!» Phoebe Chadwick imprecò sottovoce e rimise la cornetta sul ricevitore.

La sua collega Kathleen, che occupava la scrivania di fronte alla sua, alzò lo sguardo e le lanciò un'occhiata interrogativa. «Qualcosa non va?»

Phoebe si stava già alzando dalla sedia. Fece cenno all'ufficio vetrato all'altra estremità dell'ampio open space che ospitava più di due dozzine di cubicoli. «Vuole vedermi nel suo ufficio. Adesso».

«Oh, oh».

«Già».

Con trepidazione, si diresse verso l'ufficio. Sulla porta c'era scritto *Bruno Novak, Caporedattore*. Nelle ultime settimane, molti dei suoi colleghi che erano entrati nell'ufficio di Novak avevano sgomberato le loro scrivanie poco dopo. Aveva il cuore in gola.

Aveva bisogno di questo lavoro per mantenersi. Non aveva una famiglia o un marito che potessero aiutarla. Era sola. I suoi genitori erano divorziati e avevano i loro problemi economici e lei aveva rotto con il suo ultimo fidanzato più di sei mesi prima, perché lui si faceva mantenere da lei, invece di pagarsi le spese.

Anche se sperava di sbagliarsi, Phoebe sapeva che il giornale si trovava in una situazione disastrosa. Bisognava fare dei tagli al bilancio e, dato che i costi del personale erano la voce più consistente, il personale doveva essere licenziato.

Sentì gli occhi di tutti su di lei quando si fermò davanti alla porta. Aveva i palmi delle mani sudati, quando bussò ed entrò dopo un grugnito dall'interno. Chiuse velocemente la porta dietro di sé, non volendo che i suoi colleghi ascoltassero la conversazione.

«Bruno, volevi vedermi?» Chiese con la massima disinvoltura possibile, cercando di far sembrare la sua voce calma quando invece era tutto l'opposto.

Novak non alzò la testa, ma grugnì ancora una volta e le fece cenno di sedersi sulla vecchia sedia di fronte alla sua scrivania.

Lei ingoiò la bile che le era salita in gola e seguì il suo comando tacito.

«Probabilmente hai saputo», iniziò, sollevando finalmente la testa dalla pila di fogli che aveva davanti.

Il cuore le affondò nello stomaco. «Sì».

«Beh, allora la farò breve. Non sei con noi da molto tempo».

«È più di un anno», protestò rapidamente lei, ma lui la fermò sollevando la mano.

«Sono qui da oltre trent'anni. Credimi, un anno non è molto. Ho dovuto inserirti nella lista. Ci sono tre persone in quella lista e un'altra dovrà andarsene».

Phoebe si alzò dalla sedia. «Ho bisogno di questo lavoro, Bruno. Ti prego».

«Non sono io a prendere le decisioni. Sarà l'editore a scegliere chi verrà eliminato e chi rimarrà».

Il cuore le precipitò ancora di più, facendola vacillare.

«Chi altro c'è nella lista?»

«Sai che non posso dirtelo». Novak sospirò. «Ma diciamo che gli altri due non hanno mai versato il caffè sulle sue costose scarpe italiane».

Phoebe rabbrividì. Aveva incontrato l'editore solo una volta, di persona, e lo scambio non era stato solo impacciato, ma anche imbarazzante. Sapeva già da ora chi sarebbe stato scartato.

«A Eriksson non piaccio».

«Allora dovrai fare in modo di piacergli».

Phoebe sentì il suo viso contrarsi per il disgusto. «Stai scherzando. Non ho intenzione di...»

«Cristo, Phoebe!» Novak alzò gli occhi al cielo. «Di cosa diavolo pensi che stessi parlando?».

«Beh, pensavo che tu...» borbottò, sentendo il calore salire sulle guance.

«Quello che ti sto suggerendo è che dovrai dimostrargli che sei un'eccellente giornalista e che non può permettersi di perderti».

«Posso farlo!» Disse, con più sicurezza di quanta ne avesse. Avrebbe fatto di tutto per convincere l'editore che era la migliore reporter che il giornale avesse mai avuto. L'attività giornalistica era nel suo sangue. Suo padre era stato un giornalista e sua madre una caporedattrice. Entrambi avevano intrapreso carriere diverse, dopo il divorzio. Suo padre era tornato a Nashville, dove Phoebe era cresciuta, e lavorava come consulente per le pubbliche relazioni e i media per il dipartimento di polizia, mentre sua madre viveva a Los Angeles e aveva sposato uno scrittore in crisi, che manteneva lavorando come segretaria. Ma tutto questo non aveva alcuna importanza. «Ti farò avere una bella storia. Qualcosa di cui potrai essere orgoglioso».

Novak annuì lentamente. «E sarà meglio che tu faccia in fretta. Devo consegnargli questa lista entro una settimana. E quando avrà la lista, sai cosa succederà. Darà un'occhiata e prenderà la sua decisione. Quindi trova qualcosa di buono».

«Una settimana? È una follia! Come farò a trovare una storia fantastica in così poco tempo?» Era praticamente impossibile. Qualsiasi articolo, che riguardasse un politico o un'azienda, richiedeva tempo per le ricerche.

«Allora devi guadagnare tempo».

«Ma come? Come posso farlo? Hai detto tu stesso che mi sceglierà, quando vedrà la lista».

«Allora fai qualcosa che lo faccia esitare». Novak fece un gesto verso la porta. «Ora esci di qui e mettiti al lavoro». Abbassò lo sguardo sulle sue carte.

Phoebe uscì dal suo ufficio ed espirò. Almeno aveva un'altra possibilità, anche se non sapeva quanto fosse realistico inventarsi una storia da urlo in una settimana. Per quanto riguardava fare esitare Eriksson, come aveva detto Novak, non aveva idea di come avrebbe fatto. Non vedeva mai l'editore. Lavorava due piani sopra di lei e le poche volte che lo aveva visto da lontano era sempre circondato da altre persone. Non c'era modo di beccarlo da solo. E anche se ci fosse riuscita, come avrebbe potuto cambiare l'opinione che lui aveva di lei? Non aveva nulla con cui impressionarlo.

Phoebe ignorò gli sguardi clandestini dei suoi colleghi e si accasciò sulla sedia. «Sono proprio fregata».

«Ti ha licenziato?» Kathleen le sussurrò, chinandosi sulla scrivania, con gli occhi che si muovevano di lato.

Phoebe si lasciò cadere la testa tra le mani. «Avrebbe potuto benissimo farlo».

«Cosa vuoi dire?»

Alzò il viso per guardare Kathleen. «Mi ha dato una settimana di tempo per trovare una storia che faccia colpo su Eriksson, in modo che non mi licenzi».

«Una settimana? Che stronzo!». Il dolce tintinnio che provenne del computer di Kathleen indicò che un'e-mail era arrivata nella sua casella di posta. Diede un'occhiata allo schermo. «A proposito di quello stronzo, ecco un'altra delle sue e-mail di massa». Sbuffò. «Urgente! Sì, certo!»

Phoebe sospirò e si collegò al computer. Tanto valeva iniziare a setacciare internet alla ricerca di qualsiasi cosa che potesse essere trasformata in una storia. Quando il suo schermo si aprì, anche la sua casella di posta elettronica emise un suono e lei guardò l'elenco delle nuove e-mail. Quella di Eriksson era l'ultima.

Oggetto: Cercasi sostituto - urgente

L'e-mail era contrassegnata da una bandierina di priorità, come se fosse una novità. Tutte le e-mail di Eriksson erano contrassegnate come prioritarie.

Gli occhi di Phoebe volarono sul messaggio.

Ho bisogno di qualcuno che partecipi alla gita della classe di mio figlio oggi. Lo scuolabus parte tra due ore.

Kathleen gemette. «Come se volessi essere bloccata da un gruppo di undicenni che fanno domande sul mio lavoro».

«Cosa?»

«Sei l'unica a non averne sentito parlare?» Chiese Kathleen. «Eriksson ha detto a tutti e anche al suo cane che sta facendo un programma di sensibilizzazione delle scuole, per far interessare i ragazzi al giornalismo portandoli in viaggi di ricerca». Fece le virgolette con le dita intorno alle ultime tre parole. «E ora si tira indietro e scarica tutto su uno dello staff. Di certo non mi offro come volontaria».

Phoebe prese il telefono e compose un interno a quattro cifre. Aveva appena trovato la cosa perfetta per guadagnare tempo.

«Ufficio del signor Eriksson», rispose la segretaria.

Kathleen le sussurrò: «Cosa stai facendo?»

Ma Phoebe la dismise con un cenno del capo. «Sono Phoebe Chadwick. Chiamo per la gita scolastica con il figlio del signor Eriksson».

«Alleluia», rispose la donna all'altro capo del filo, in modo esageratamente drammatico.

Ci fu un clic. Poi un uomo gridò: «Sì?».

Phoebe deglutì. Non c'era via d'uscita, ora.

3

Phoebe forzò un sorriso e cercò pazientemente di rispondere di nuovo alla stessa domanda, anche se uno degli altri bambini aveva chiesto la stessa cosa solo dieci minuti prima.

Il vecchio scuolabus percorreva le strade della città per raggiungere un magazzino alla periferia di Chicago che il giornale utilizzava come archivio e dove venivano conservate le vecchie macchine da stampa che l'editore del giornale conservava per motivi sentimentali.

Phoebe si sedette vicino alla parte posteriore dell'autobus, circondata da almeno due dozzine di ragazzi e ragazze di undici anni che parlavano uno sull'altro. Molti si stavano litigando i piccoli blocchi per appunti con l'emblema del giornale che lei aveva distribuito prima. Evidentemente non ne aveva portati abbastanza per tutti. Al di sopra di tutto il rumore, l'autista dell'autobus stava ascoltando la radio, che trasmetteva musica e notizie.

Diversi bambini erano in piedi sui sedili, cercando di guardare oltre i ragazzi che bloccavano la loro vista su Phoebe, oscurando così la vista di Phoebe fuori dal finestrino. Sospirò. Come le era venuto in mente di offrirsi volontaria per questo? Avere a che fare con un gruppo di bambini che parlavano come delle macchinette era più faticoso che inseguire un politico che non voleva rispondere alle sue domande.

Puoi farcela, si disse da sola. *Eriksson sarà in debito con te. Lo farà esitare, quando dovrà licenziarti.* E sperava che questo le avrebbe fatto guadagnare abbastanza tempo per trovare una storia succosa per salvare il suo lavoro. Era tutto per una buona causa.

«No, se una storia è abbastanza importante, allora fermiamo la macchina da stampa e rifacciamo la prima pagina. È stato fatto molte volte, in passato. E al giorno d'oggi è molto più facile. È tutto fatto al computer», rispose alla domanda della ragazza con i capelli rossi e le lentiggini.

«Ho un computer», si intromise un ragazzo con una maglietta blu. «È nuovo di zecca».

Un altro ragazzo sgomitò per superarlo. «E io ho un iPad. L'ho ricevuto per il mio compleanno».

«Anch'io», rispose una ragazza tra la folla.

«Sì, ma il mio è più nuovo», rispose il secondo ragazzo.

«Fermi tutti, ragazzi», disse Phoebe, cercando di tenere sotto controllo le vanterie. «Non importa di chi sia il tablet più nuovo».

«E invece sì!», protestò qualcuno.

Altre voci si aggiunsero e improvvisamente tutti i ragazzi si misero a parlare contemporaneamente, cercando di stabilire chi avesse l'iPad o il computer più nuovo. In pochi secondi Phoebe si sentì come se la sua testa volesse esplodere, per il frastuono delle loro voci. Sicuramente non era fatta per essere un'insegnante. La sua pazienza si stava già esaurendo.

«Signorina Chadwick, signorina Chadwick!»

Phoebe girò la testa verso la ragazzina che la stava chiamando, ma non riuscì a vederla.

«Signorina Chadwick!» Insistette la stessa ragazzina, con una voce che non sapeva di impazienza, ma di ansia.

«Cosa c'è che non va?» Phoebe si alzò di scatto dal suo posto, preoccupata che la ragazza potesse essersi fatta male. La vide in piedi verso la parte anteriore dell'autobus, che indicava il finestrino.

«Signorina Chadwick, perché ci siamo fermati nel bel mezzo di un passaggio a livello?»

Phoebe girò la testa di lato e fissò i finestrini. La ragazzina aveva ragione: l'autobus si trovava nel bel mezzo di un passaggio a livello.

«Autista!» Chiamò, girando la testa in avanti, mentre passava davanti ai bambini.

Quando vide il posto di guida vuoto, si bloccò.

«Ma che...» Si trattenne dall'usare parolacce davanti ai bambini.

«Perché l'autista è sparito?» Chiese un ragazzo dietro di lei.

Phoebe fece diversi passi in avanti cercando di essere il più lucida possibile. «Forse il motore si è fermato e lui sta controllando qualcosa sotto il cofano».

Raggiunse il posto di guida, scrutando già l'area. Non c'era nessuna chiave nell'accensione. Guardò fuori, prima davanti, poi a sinistra e a destra, ma il conducente non si vedeva da nessuna parte.

«Forse l'autista è sul retro», suggerì un altro ragazzo.

Phoebe girò la testa e vide diversi ragazzi che si affollavano verso la parte posteriore dell'autobus e scrutavano fuori dal finestrino.

«Non c'è», disse una ragazza.

«Merda!» Phoebe imprecò.

Perché l'autista dell'autobus se n'era andato? E proprio nel bel mezzo di un passaggio a livello, tra tutti i posti? Senza le chiavi dell'autobus non poteva spostarlo dai binari. Il cuore le batteva forte, ma cercò di mantenere il sangue freddo. Era l'unica persona adulta presente. L'insegnante che avrebbe dovuto accompagnarli aveva bucato una gomma sulla strada per la scuola e Phoebe si era accordata con lei per far deviare l'autobus, in modo che potessero raccoglierla lungo il tragitto. Nel frattempo, però, Phoebe era responsabile dei ragazzi. Se avesse mostrato di essere in preda al panico, anche i bambini avrebbero fatto lo stesso.

«Prendete tutti i vostri effetti personali, le vostre borse e le vostre cose, e scendiamo dall'autobus finché non scopriamo dov'è l'autista. E non spingete, ok?»

Avrebbe potuto risparmiare il fiato con l'ultima istruzione, perché i bambini improvvisamente cercarono tutti di essere i primi a raggiungere la parte anteriore dell'autobus, parlando l'uno sopra l'altro.

Phoebe si chinò sul cruscotto e lo esaminò. C'erano diversi interruttori. Provò il primo e guardò alla sua destra, ma la porta non si aprì. Poi il secondo. Niente.

«Apra la porta, signorina Chadwick!» Cominciò a lamentarsi una ragazzina.

«Ci sto provando», rispose lei in modo brusco e toccò l'interruttore successivo. Quando lo girò, si ruppe. Il suo cuore si fermò, quando vide le sue dita che stringevano l'interruttore nero.

«L'ha rotto!» Gridò la ragazzina. «La signorina Chadwick ha rotto l'interruttore!»

Phoebe tastò l'area liscia dove l'interruttore si era staccato dal cruscotto, mentre diversi bambini iniziarono a urlare. «L'ha tagliato», mormorò tra sé e sé. «Quel bastardo ha sabotato l'autobus».

Il terrore le riempì lo stomaco. Non era stato un incidente. Era stato un atto deliberato. L'autista dell'autobus stava cercando di far uccidere i bambini.

«Qualcuno chiami il 9-1-1 e dica loro dove siamo». Si precipitò alla porta e guardò in alto. Doveva esserci uno sblocco manuale da qualche parte sopra la porta. Cercò in ogni centimetro, ma il punto in cui normalmente si trovava lo sblocco manuale della porta era coperto da un pezzo di metallo che ci era stato avvitato sopra. «Cazzo!»

In sottofondo sentì diversi bambini piangere, mentre altri stavano già parlando al cellulare. Ma Phoebe sapeva di non poter contare sul fatto che la polizia sarebbe arrivata presto. Da un momento all'altro poteva arrivare un treno.

I suoi occhi volarono indietro verso il retro dell'autobus, dove si trovava l'uscita di emergenza. «Fatemi andare all'uscita di emergenza!»

Si fece strada tra i bambini e raggiunse la leva per aprire l'uscita posteriore. Tirò nella direzione indicata sulla porta, ma non si mosse nulla.

«Perché non si apre?» Si lamentò una ragazza.

Phoebe la strattonò di nuovo, ma la dannata porta non si mosse. Merda!

Si voltò verso i bambini. «È bloccata. I finestrini! Spingete fuori i finestrini! Sollevate i chiavistelli e spingete sul fondo finché non si aprono». Non aveva idea se i finestrini sarebbero semplicemente caduti o se si sarebbero bloccate a un angolo di novanta gradi. In entrambi i casi, i bambini sarebbero riusciti a uscire, ma avrebbero dovuto saltare.

«Quale chiavistello, signorina Chadwick?» Chiese un ragazzo.

Si precipitò nella sua direzione. «Il chiavistello rosso in fondo a...». I suoi occhi caddero sul finestrino che il ragazzo stava indicando.

«Non c'è il chiavistello», disse il ragazzo, con gli occhi che si riempivano di lacrime. Phoebe concentrò lo sguardo sull'aggeggio rosso sul bordo inferiore della finestra, ma il chiavistello che avrebbe dovuto essere lì era stato segato via.

«Non c'è il chiavistello nemmeno su questo!» Urlò una ragazzina dal fondo dell'autobus.

I bambini si precipitarono verso i finestrini e Phoebe osservò impotente mentre battevano i pugni contro i vetri. Prima di poterli fermare nei loro inutili tentativi di rompere le finestre, un rumore proveniente dall'esterno le fece girare la testa.

Le sbarre del passaggio a livello si stavano abbassando e le luci di avvertimento stavano iniziando a lampeggiare.

Le si seccò la bocca, mentre le urla di orrore dei bambini le riempirono le orecchie.

4

Scott si lasciò sfuggire un'ignobile maledizione dalle labbra. Ci aveva messo più tempo del previsto a trovare il passaggio a livello corretto su Google Maps. Capire che il treno si sarebbe scontrato con lo scuolabus oggi verso le due del pomeriggio - lo stesso giorno in cui aveva avuto la premonizione - era stato facile. Gli era bastato un minuto per controllare il calendario dei White Sox e capire che il giorno dopo avrebbero giocato a Kansas City e che Stevie Nicks dei Fleetwood Mac avrebbe cantato la *Star-Spangled Banner*, l'inno nazionale americano, all'inizio della partita.

Inserendo una marcia più alta nella sua Ducati, Scott sfrecciò lungo la strada. Conosceva bene questa zona della periferia di Chicago. Abbastanza bene da evitare tutti gli autovelox noti, dove la polizia era in agguato. Non poteva permettersi di essere trattenuto da un poliziotto. Ogni secondo era importante. Una volta individuato il luogo dell'imminente incidente, aveva avuto solo il tempo di infilare nella giacca di pelle la chiave inglese più grande che aveva trovato in garage e di saltare sulla moto. Un'ascia o una tronchese sarebbero stati strumenti migliori, ma non aveva avuto il tempo di cercarli. Poteva solo sperare che quello che aveva portato fosse abbastanza resistente.

Scott rallentò all'incrocio successivo, imprecando contro il semaforo rosso. Quando il semaforo diventò verde, lui era già al centro dell'incrocio e stava svoltando a sinistra, inclinandosi di quasi quarantacinque gradi con la moto, prima ancora che il traffico in arrivo nell'altro senso si muovesse di un solo centimetro. I clacson lo inseguirono, ma lui li ignorò e riprese velocità.

«Ancora tre isolati», disse, mentre passava davanti a una banca. Diede un'occhiata al display sul palazzo che annunciava la temperatura e l'ora: le due del pomeriggio. L'autista avrebbe già lasciato l'autobus e chiuso dentro i bambini e la loro insegnante.

Un altro incrocio, ma questa volta non dovette rallentare. Le strade laterali avevano segnali di stop.

«Altri due isolati». Recitava quasi una cantilena, una preghiera che rivolgeva ai poteri che gli avevano dato il dono della preveggenza. Un dono che all'inizio aveva maledetto, perché lo rendeva diverso. Ma che aveva imparato ad apprezzare con l'aiuto del suo padre adottivo, l'uomo con cui aveva molto in comune, compreso questo dono.

Tutto il corpo di Scott era teso, i muscoli del collo rigidi, la mascella serrata. Il pensiero che potesse essere troppo tardi lo spinse a girare la manopola ancora più forte, mandando più gas nel motore per far andare la Ducati ancora più veloce. Se la polizia lo avesse preso ora, non sarebbe stato importante. In pochi secondi sarebbe stato al passaggio a livello e, una volta visto cosa stava succedendo, non lo avrebbero fermato.

«Andiamo», disse a voce bassa e vide il veicolo giallo in lontananza mentre superava un leggero dosso della strada.

La strada era quasi deserta. Nessun'altra auto attendeva al di qua del passaggio a livello, le cui sbarre erano già abbassate. L'autobus bloccava la visuale sulla strada dall'altro lato del passaggio, rendendo impossibile vedere se c'era qualcun altro che potesse aiutarlo.

Poco prima delle sbarre, Scott si fermò, saltò giù dalla moto, spense il motore e con lo stesso movimento tirò su il cavalletto. Non si preoccupò di togliersi il casco. Non c'era tempo per farlo.

Correndo in mezzo alle sbarre, si diresse verso l'autobus, estraendo la chiave inglese dall'interno della giacca di pelle e afferrandola saldamente con la mano guantata. Quando raggiunse la porta di uscita dell'autobus, vide diversi ragazzi che scalciavano contro il vetro dall'interno. Le urla accompagnavano i loro sforzi infruttuosi. Il vetro di sicurezza non si poteva rompere così facilmente.

«Allontanatevi dalla porta!» Urlò, ma si rese conto che non lo sentivano.

Sollevò la visiera e riprovò. «Via dalla porta!» Schiacciò la mano contro la porta e sollevò il braccio che teneva la chiave inglese.

I bambini finalmente lo guardarono e sembrarono capire.

«State indietro! Copritevi gli occhi!»

Nel momento in cui i ragazzi si allontanarono dalla porta, abbassò di nuovo la visiera e colpì il pannello di vetro con la chiave inglese. Il vetro del pannello sinistro andò in frantumi. Poi fece lo stesso con il pannello destro, finché non si frantumò anch'esso. Afferrò il telaio e lo tirò verso di sé per aprire almeno un lato della porta. La aprì tirando con la forza pura e la volontà. Cercò di fare lo stesso con il lato destro, ma era bloccato e non si mosse di un millimetro. L'apertura che aveva creato era stretta, ma doveva bastare. I bambini sarebbero riusciti a passare.

«Ora tutti fuori!» Ordinò, lanciando un'occhiata alle sue spalle. In lontananza c'era un movimento: il treno.

«Presto!» Urlò e raggiunse la prima bambina, sollevando la ragazzina e mettendola a terra. «Corri verso il lato delle sbarre! Correte!»

Un bambino dopo l'altro li aiutò a scendere dal treno, mentre continuava a esortarli a sbrigarsi. «Presto! Più veloci! Raggiungete l'altro lato! Correte, dannazione!»

I bambini piangevano e urlavano. Non poteva evitare che si tagliassero con i frammenti di vetro, mentre cercavano di tenersi in equilibrio per uscire dall'autobus, ma qualche taglio e qualche livido erano meglio dell'alternativa, che si avvicinava a ogni secondo che passava.

In lontananza sentì le sirene avvicinarsi. Qualcuno aveva chiamato il 911. Ma non sarebbero arrivati in tempo per aiutare l'evacuazione.

Nonostante il casco, sentì la radio dall'autobus. Stevie Nicks stava ancora cantando, ma lui conosceva bene la canzone e sapeva che stava per finire. E una volta che gli annunciatori radiofonici si misero a parlare, Scott seppe di avere solo ancora pochi secondi prima che il treno si schiantasse contro l'autobus.

«Quanti altri?» Urlò.

«Tre!» Era la voce impaurita di un'adulta. L'insegnante.

«Presto!» Scott trascinò la bambina successiva fuori dal treno e la spinse in direzione delle sbarre. Il bambino successivo quasi cadde dall'autobus, inciampando sui suoi stessi piedi. Lo raddrizzò, assicurandosi che avesse ritrovato l'equilibrio, prima di raggiungere l'ultimo.

«Corri!» Ordinò, con la voce roca, ora, il cuore che batteva come la locomotiva che si stava avvicinando velocemente.

Scott capì che la canzone che stava raggiungendo i suoi ultimi accordi. «Merda!»

Una giovane donna apparve sul gradino più alto, scendendo in fretta. Si girò di lato per infilarsi nella stretta apertura e lui la raggiunse e tirò, ma incontrò resistenza. Il suo sguardo volò al viso di lei. I suoi occhi si spalancarono per l'orrore, mentre cercava di liberarsi dall'autobus, senza riuscirci.

«Cazzo!» Imprecò dietro il casco e allungò le mani verso il punto dove la sua camicetta si era impigliato in un bordo frastagliato lasciato dai vetri rotti.

All'improvviso la musica si fermò e il presentatore parlò. «E questa era Stevie Nicks dei Fleetwood Mac. Che nostalgia vero?»

Sapeva di avere solo pochi secondi a disposizione.

Gli occhi di lei sfrecciarono oltre lui e lui non ebbe bisogno di guardarsi alle spalle per capire quanto il treno fosse vicino.

«Corri!» Lo esortò lei. «Salvati!»

«No!» Scott urlò e le strappò la camicetta. Alla fine, si staccò dal vetro e l'insegnante quasi cadde tra le sue braccia. Si girò di scatto, con le parole successive dell'annunciatore radiofonico nelle orecchie.

«E riuscite a indovinare chi canterà *la Star-Spangled Banner...*»

Con la donna in braccio, Scott saltò di lato, atterrando accanto ai binari. Rotolò sopra di lei, facendole da scudo, quando un attimo dopo il treno colpì lo scuolabus dietro di loro. Il casco e la pesante giacca di pelle, anche se aperta sul davanti, lo protessero dai detriti volanti, mentre lui copriva al meglio la donna sotto di sé.

«Non muoverti», la esortò, anche se non aveva idea se lei lo avesse sentito attraverso il casco.

Ma sapeva che era viva. Sentiva il suo respiro contro il suo petto, le sue mani che si aggrappavano alla sua camicia in una stretta mortale.

Lo stridore dei freni del treno fu il suono successivo che sentì. Solo quando il treno non emise più alcun suono, indicando che si era fermato, Scott sollevò la testa.

Fece un respiro, il primo cosciente da quando aveva raggiunto l'autobus, e sentì il suo cuore tuonare. L'insegnante tra le sue braccia aveva gli occhi chiusi.

«Stai bene?» Scott le chiese, ma lei non rispose. Si tolse il casco e ci riprovò. «Stai bene?»

Finalmente, lei aprì gli occhi. La prima cosa che notò fu che erano di un blu intenso. La seconda cosa di cui si rese conto fu che, per la prima volta, guardando negli occhi una donna, sentì di potersi fidare ciecamente di lei.

Scioccato da quella strana sensazione, Scott si tirò indietro e si sollevò da lei, sedendosi sui talloni e trasalendo leggermente nel farlo. Aveva urtato violentemente l'asfalto, subendo l'intero peso della caduta, prima di rotolare sopra di lei. Le sue costole erano ammaccate, ma sapeva che non c'era nulla di rotto.

«Mi hai salvato la vita». Lei gli strinse la mano e si tirò su a sedere. Girò la testa verso le sbarre.

Scott seguì il suo sguardo e vide i bambini in piedi, storditi, sotto shock, ma solo un po' malconci. Diverse auto si erano fermate, nel frattempo e i conducenti e i passeggeri stavano correndo verso i bambini.

«Hai salvato tutti questi bambini».

Le sue parole lo fecero voltare a guardarla. Era più bella di quanto avesse notato all'inizio. I suoi capelli castano scuro, lunghi fino alle spalle erano dolcemente ondulati, la sua pelle era abbronzata, le sue labbra piene e rosse erano un complemento allettante per i suoi occhi blu. Se qualcuna delle sue insegnanti avesse avuto un aspetto simile quando era bambino, era sicuro che la scuola gli sarebbe piaciuta molto di più.

«Sei sicuro di essere illesa?» Le chiese.

Lei annuì, stringendo le labbra, con gli occhi ormai umidi di lacrime non versate. «Non so come ringraziarti».

«Mi trovavo nel posto giusto al momento giusto», rispose Scott e volle alzarsi, ma lei improvvisamente gli passò le braccia intorno al collo e lo abbracciò così forte che lui non poté fare a meno di metterle le braccia intorno e abbracciarla a sua volta.

C'erano così tanta innocenza e onestà nel suo abbraccio che si ritrovò ad accarezzarle i capelli e a massaggiarle la schiena per confortarla. E stranamente il gesto confortò *lui*. Per la prima volta da quando aveva perso suo padre e mentore - e allo stesso tempo il suo scopo nella vita - si sentì necessario.

«Ti ho presa», le mormorò tra i capelli.

5

Intorno al suo corpo, Phoebe sentì le braccia confortanti dello sconosciuto che l'aveva salvata. Finalmente poteva respirare di nuovo. L'ansia e la paura mortale che l'avevano attanagliata solo pochi istanti prima stavano svanendo. Certamente aveva pensato che la sua ultima ora fosse arrivata. Il treno era così vicino e quando i suoi vestiti si erano impigliati da qualche parte, aveva visto la sua vita scorrere davanti ai suoi occhi. In quel momento aveva capito di non aver ancora vissuto veramente. E di non avere amato.

«Ti ho presa», mormorò ancora una volta lo sconosciuto. La sua voce profonda e melodica la tranquillizzò e fece rilassare i suoi muscoli tesi, mentre il suo corpo si agitava improvvisamente per la consapevolezza. Si stava premendo contro uno strano uomo che era praticamente a cavalcioni su di lei. L'intimità di questa posizione non le sfuggì.

Nemmeno a lui, a quanto pareva, perché si staccò dal suo abbraccio e cominciò ad alzarsi, dandole una mano per tirarsi su. «Stai bene?»

Lei gli lanciò un'occhiata al viso. I suoi capelli erano scuri, quasi neri. I suoi occhi verdi erano incorniciati da lunghe ciglia scure e da forti sopracciglia. Le sue labbra erano piene e stranamente invitanti.

«Signorina?»

Lei distolse lo sguardo dalla sua bocca, imbarazzata dal fatto che lui l'aveva sorpresa a fissarlo. «Sto bene. Sto bene», rispose rapidamente. Il suo sguardo si spostò oltre lui, dove i bambini erano radunati al di là delle sbarre. «I bambini». Doveva assicurarsi che fossero tutti illesi.

I suoi piedi la portarono verso di loro, mentre i suoi occhi scrutavano la zona. Un'ambulanza si fermò con uno stridio di pneumatici e due paramedici saltarono fuori, correndo verso la scena. A un isolato di distanza vide delle luci lampeggianti, accompagnate dalle sirene della polizia. L'auto della polizia raggiunse il passaggio a livello nello stesso momento in cui Phoebe raggiunse i bambini.

«Signorina Chadwick, signorina Chadwick», gridavano alcuni di loro.

«State tutti bene?» Cercò di guardare tutti i bambini, uno per uno, ma loro continuavano a muoversi nella calca, con l'ansia che li pervadeva. «Qualcuno è ferito?»

Sentì diversi bambini piangere.

«Solo qualche graffio», le assicurò il suo soccorritore da dietro. «I tuoi alunni sono usciti tutti sani e salvi».

Phoebe girò la testa a metà, ma prima che potesse ringraziarlo per la sua rassicurazione i paramedici raggiunsero il gruppo di ragazzi e all'improvviso si misero a parlare tutti insieme.

La donna paramedico catturò il suo sguardo. «Signora, sono usciti tutti?» Fece cenno ai resti dello scuolabus, che erano sparsi sul passaggio a livello. Alcuni pezzi erano rimasti incastrati sotto le ruote del treno. Il treno si era fermato da tempo. La locomotiva si trovava ormai diverse centinaia di metri dopo l'incrocio.

«Sono usciti tutti».

«Lei è ferita?»

Automaticamente, Phoebe scosse la testa, ma quando sollevò il braccio per indicare i ragazzi, sentì un dolore pungente alla schiena, dove la camicia si era impigliata in un frammento di vetro. «Sto bene. Controllate prima i bambini».

«Stai sanguinando».

Le parole del suo soccorritore suonarono come un ammonimento.

«Non è niente. Solo un graffio». Lei si voltò verso di lui giusto in tempo per vederlo scuotere la testa, con un leggero sorriso che gli incurvava le labbra.

«Sei una donna interessante».

Phoebe inclinò la testa, non capendo bene cosa intendesse dire.

«Comunque, dovresti farlo controllare».

«Dopo». Allungò la mano. «Sono Phoebe Chadwick».

Lui annuì e le strinse la mano senza togliersi il guanto. «Scott».

Il suo istinto di cronista si era attivato immediatamente, quando lui non le ha detto disse il cognome e aveva già un'altra domanda sulla punta della lingua, ma non ebbe modo di esprimerla.

«È lei l'insegnante?» La chiamò un uomo con voce autorevole, facendola girare di scatto. Un poliziotto si stava avvicinando a lei. «Cosa è successo, qui?»

Annuì all'agente di polizia. «Sono Phoebe Chadwick. Sono del Daily Messenger. Ero...»

«Una giornalista. Come fate ad arrivare qui più velocemente di noi?» L'agente di polizia era chiaramente infastidito.

«Ero sull'autobus! Stavo accompagnando i bambini», si difese istintivamente.

«Era sull'autobus? Dov'è l'insegnante? Cosa è successo?»

Aveva il cuore in gola, mentre raccontava con il minor numero di parole possibile quello che era successo, dopo che si era resa conto che l'autista dell'autobus li aveva abbandonati sul passaggio a livello. «E poi è arrivato quest'uomo e ha sfondato la porta». Si voltò verso Scott, ma lui non era più dietro di lei. Lasciò che i suoi occhi vagassero in giro per cercarlo.

U̲n̲a̲ g̲i̲o̲r̲n̲a̲l̲i̲s̲t̲a̲! Merda! Era solo la sua dannata fortuna. Scott soppresse un'imprecazione e si fece strada tra la folla di ragazzi e adulti che aveva iniziato ad arrivare: passanti curiosi, vicini, proprietari di attività commerciali, automobilisti e altri paramedici. Era già arrivata una seconda ambulanza e un'altra auto della polizia si stava avvicinando da qualche parte, anche se Scott non riusciva ancora a vederla, ma solo a sentirne la sirena. In pochi minuti sarebbero arrivati i primi genitori, preoccupati per il benessere dei propri figli. Considerando i cellulari che i bambini di dieci o undici anni brandivano, non era difficile immaginare che avessero già avvisato i loro genitori.

Presto i furgoni dei notiziari sarebbero accorsi sul luogo dell'incidente con le loro telecamere e i loro microfoni, intervistando tutti e tutto ciò che si muoveva.

Scott sapeva che doveva andarsene in fretta. Era già rimasto fin troppo a lungo. Nel momento in cui aveva salvato la donna che credeva essere l'insegnante, ma che per sua stessa ammissione era una giornalista di nome Phoebe Chadwick, avrebbe dovuto andarsene di corsa. Aveva fatto quello che considerava il suo dovere. Aveva salvato i bambini da una morte certa. Ora doveva salvare sé stesso dall'esposizione.

Incuriosito da Phoebe, era rimasto nei paraggi per qualche minuto in più del dovuto. Da un'insegnante si sarebbe aspettato il tipo di altruismo che aveva mostrato. Si era assicurata che tutti i bambini scendessero dall'autobus prima di lei. Da una giornalista, le sue azioni lo sorpresero. Non aveva nemmeno permesso al paramedico di curare la sua ferita, preoccupata più dei bambini che del proprio benessere. Persino da un'insegnante donna si sarebbe aspettato che almeno si fosse spaventata per la ferita e avesse chiesto ai paramedici di controllarla.

Scott scosse la testa e passò davanti a una ragazzina che piangeva. Phoebe non era un suo problema. Così fece quello che faceva sempre, in situazioni come queste. Abbassò la testa ed evitò il contatto visivo. Ancora qualche secondo e se ne sarebbe andato. Recuperò rapidamente il casco che gli era caduto dopo essere saltato via per scampare al treno in corsa con Phoebe in braccio.

Con la coda dell'occhio notò un furgone di giornalisti che parcheggiava dall'altra parte della strada. Due persone saltarono fuori. La donna teneva un microfono in mano; l'uomo portava una grande telecamera sulla spalla destra. Attraversarono di corsa la strada, avvicinandosi al luogo dell'incidente.

«Cosa è successo qui?» Chiese la giornalista. «Qualcuno è ferito? Qualcuno è stato ucciso?»

A Scott venne da ridere. Sì, sarebbe stata una bella storia, vero? *Due dozzine di scolari assassinati dall'autista dell'autobus.* Perché era quello che sarebbe successo, se Scott non avesse interferito: un omicidio. Con un'alzata di spalle, Scott passò davanti ai giornalisti. Era meglio non avere a che fare con persone del genere. Avrebbero trovato presto qualcun altro che avrebbe risposto alle loro curiose domande.

I ragazzi sembravano più che felici di parlare con i giornalisti, come poteva sentire dalle loro voci eccitate. Scott continuò a camminare e per poco non si scontrò una ragazzina che singhiozzava in modo incontrollato. Esitò un attimo e non resistette a passarle una mano sui capelli in segno di conforto.

«Va tutto bene, piccolina. Va tutto bene. I tuoi genitori saranno qui tra poco. Si prenderanno cura di te».

Lei tirò su col naso e alzò lo sguardo su di lui. Lo riconobbe e le si illuminò il viso. «Mi hai salvato». Inaspettatamente, si strinse a lui, seppellendo il viso nel suo stomaco.

Lui le prese le braccia e le staccò delicatamente da lui. Era ora di andarsene, prima che gli altri bambini avessero la stessa idea e cercassero di ringraziarlo.

«È un eroe», Scott sentì improvvisamente un ragazzo dire nella sua direzione.

Scott si diresse di scatto verso di lui.

Il ragazzo lo indicò, mentre si rivolgeva ai due giornalisti. «Ci ha salvati tutti».

Merda!

I due giornalisti lo stavano fissando. Si stavano già muovendo nella sua direzione. «Signore! Signore! Una parola».

Ma Scott si girò e si diresse verso la sua moto, facendosi scivolare il casco in testa. Saltò sulla Ducati, tirò indietro il cavalletto e accese il motore. I giornalisti non riuscirono a raggiungerlo, considerando la sua rapida fuga.

Corse lungo la strada principale e girò all'angolo successivo, prima che potessero fare un'altra domanda. Era improbabile che la telecamera fosse già stata accesa. E se l'avessero intravisto, sarebbe stato con il casco in testa. Per quanto riguardava la targa della sua moto, era registrata a una casella postale che non poteva essere ricondotta a lui e, non appena fosse tornato a casa, avrebbe cambiato la targa con un'altra. Non sarebbero stati in grado di trovarlo.

Il suo unico rimpianto era che il momento di pace che aveva provato con Phoebe tra le braccia era stato solo un'illusione.

6

«Novak è furioso!» Kathleen la salutò, mentre Phoebe si faceva strada tra il gruppo di colleghi eccitati che si erano precipitati verso di lei quando era entrata in redazione. La notizia dell'incidente dell'autobus, se così si poteva definire, era ovunque.

«Perché dovrebbe essere furioso? Sono stato coinvolta in un fottuto scontro con un treno!» Ed era ancora un po' scossa per questo.

«Sì, più di quattro ore fa!» Novak urlò dietro di lei. «Andremo in stampa tra due ore e non abbiamo nulla!»

Phoebe si girò, affrontando il suo caporedattore incazzato.

«Perché non hai chiamato per dettare la storia? Eri su quel maledetto autobus! Un resoconto di prima mano! Merda!»

Phoebe appoggiò le mani sui fianchi. «Perché la polizia mi ha trascinato in centrale per rilasciare una dichiarazione. E i paramedici hanno insistito per medicarmi». Indicò la schiena, dove sotto la maglietta pulita ora portava una fasciatura su un taglio superficiale. «E a proposito, oggi ho rischiato di morire, quindi, se non ti dispiace, mi prendo qualche minuto per respirare, ok?»

Il cuore le batteva forte e notò che i colleghi che li circondavano si erano zittiti, ascoltando l'accesa discussione con il suo caporedattore.

Novak strinse i denti. «Nel mio ufficio, subito!» Girò i tacchi e si diresse nel suo ufficio.

Nel momento in cui Phoebe entrò dietro di lui, lanciò un'occhiata agli altri dipendenti, facendoli scappare via, prima di sbattere la porta.

Una volta rimasti soli, Phoebe prese fiato e aprì la bocca, intenzionata a difendersi, ma Novak la interruppe con un movimento della mano.

«Non un'altra parola, signorina! Prima mi ascolti». Fece un respiro. «Per cominciare, mi hai fatto quasi venire un infarto, quando ho saputo che l'autobus era stato investito da un treno. Quando non hai chiamato subito, ho dovuto chiamare un contatto in una stazione televisiva per sapere se qualcuno sapesse qualcosa. Solo quando Eriksson ha sentito suo figlio abbiamo saputo che stavi bene. Quindi non farlo mai più!»

Sorpresa che lui si fosse davvero preoccupato per lei, rimase per un attimo senza parole. Ma non sarebbe stata una giornalista, se le parole le fossero mancate a lungo. «Siamo stati tutti molto fortunati. La polizia sta già cercando l'autista dell'autobus. Hanno promesso di darmi la precedenza su qualsiasi informazione troveranno su di lui, visto che ero sull'autobus». Forse avrebbe anche ottenuto un'esclusiva, una volta che avessero catturato quell'uomo. «Questa potrebbe essere la storia che mi serve per Eriksson».

Novak si accigliò. «A Eriksson non interessa la storia dell'autista». Si avvicinò al computer e le fece cenno di seguirlo. Indicando lo schermo, aggiunse: «Vuole sapere chi è questo».

Lo schermo del computer mostrava un'immagine di Scott che camminava tra la folla di bambini.

«Scott». Alzò lo sguardo verso Novak. «Ci ha salvati. Ha sfondato la porta e ci ha tirato fuori».

Il suo capo annuì. «Scott? Hai il suo nome completo?».

Phoebe scosse la testa. «Se n'è andato subito dopo l'arrivo della polizia e delle ambulanze». Indicò lo schermo. «Come hai fatto a ottenere questa foto?»

«Il figlio di Eriksson l'ha scattata con il suo cellulare e ha detto al padre che questo è l'uomo che gli ha salvato la vita». Eriksson vuole che questa sia la storia principale: l'eroe, il misterioso salvatore. Trovalo! Fai tutto ciò che devi fare per ottenere la sua storia».

Phoebe lanciò a Novak uno sguardo dubbioso. «Non sembrava che volesse essere l'eroe, altrimenti sarebbe rimasto. Se avesse voluto la fama, la sua occasione sarebbe stata quando è arrivata Debbie Finch della WYAT News. Gli è praticamente corsa dietro per avere una dichiarazione».

«E c'è riuscita?»

«No. È saltato sulla sua moto e si è allontanato». Era praticamente fuggito dalla scena, ora che Phoebe ci pensava. «Forse è timido». Beh, nemmeno lei ci credeva. Era sembrato sicuro di sé, nelle poche interazioni che avevano avuto. Forte, sicuro di sé, deciso.

«Timido?» Novak si mise a ridere. «Non è così». Toccò lo schermo, indicando il volto di Scott. «Trova la storia! Trovalo e ti garantisco che Eriksson non ti licenzierà. Hai guadagnato tempo. Usalo bene. Dimostra a me e a Eriksson che sei il tipo di giornalista che ho sempre pensato che fossi».

I suoi occhi tornarono alla foto sullo schermo. «Posso averne una copia?»

«Te lo mando via e-mail».

«Anche gli altri bambini hanno fatto delle foto? Magari della sua moto?»

«Chiederò al figlio di Eriksson di parlare con i suoi compagni di classe. Conoscendo quei ragazzi, tutti hanno qualcosa. Probabilmente si sono già mandati le foto via sms. Ti inoltrerò quello che riesco a ottenere».

«Grazie». Si girò verso la porta.

«E, Phoebe?»

Lei si fermò.

«Sono felice che tu stia bene».

Lei sorrise tra sé e sé e aprì la porta. Novak non era un duro come faceva credere agli altri. Quando si andava al sodo, teneva alle persone che lavoravano per lui. Ed era un giornalista integro e attento alle storie. Concentrarsi sull'eroe di questo disastro era l'aspetto positivo di cui i genitori di questi bambini avevano bisogno, invece di mettere in evidenza l'individuo probabilmente malato di mente che aveva guidato l'autobus sul passaggio a livello e lo aveva manomesso.

Avrebbe presentato Scott ai cittadini di Chicago, l'eroe che oggi aveva salvato ventisette vite e non si era aspettato alcun riconoscimento pubblico per averlo fatto. E forse, una volta che l'avesse trovato e avesse ascoltato la sua storia, sarebbe stata in grado di ringraziarlo in modo più personale di quanto avesse fatto quel pomeriggio.

Piena di determinazione, si diresse verso il suo cubicolo, quando qualcuno alzò il volume della TV appesa a una parete della redazione.

Debbie Finch della WYAT News era sul luogo dell'incidente e parlava al microfono. Dietro di lei il treno si era mosso, ma gli investigatori della scientifica stavano ancora setacciando i detriti dell'autobus.

«...nel primo pomeriggio. I bambini che abbiamo intervistato ci hanno riferito di un uomo vestito da motociclista che ha salvato tutti i ventisei bambini e l'unico adulto che viaggiava sull'autobus. Purtroppo, la persona ha lasciato la scena dell'incidente prima di poter essere identificata». Toccò l'auricolare e ascoltò con attenzione per qualche secondo, prima di parlare di nuovo. «Mi è stato riferito che circa due anni fa un disastro simile, che coinvolgeva un tassista malato di mente che aveva chiuso il passeggero nel retro del suo taxi, è stato evitato quando un motociclista ha salvato il passeggero prima che il taxi fosse investito da un camion che trasportava petrolio».

Phoebe si bloccò e prese fiato. Il giornalista stava insinuando che i due incidenti fossero collegati?

«L'emittente invita tutti coloro che si trovavano nei pressi del luogo dell'incidente a inviare le foto scattate con il cellulare, in modo da poter aiutare la polizia a trovare l'eroe del disastro di oggi. Inviate le foto via e-mail a...»

Phoebe non ascoltò oltre. Per aiutare la polizia? E certo! Conosceva Debbie abbastanza bene da capire che non era interessata ad aiutare la polizia. Voleva lo scoop su Scott. Chiaramente, il caporedattore di Debbie aveva la stessa idea di Novak, ovvero che Scott era la storia, non l'autista di autobus squilibrato.

«Cazzo!» Imprecò. Con Debbie che incoraggiava tutti a mandarle le foto dell'incidente, Debbie avrebbe potuto trovare Scott prima di lei. «Spingi al massimo», si incoraggiò. «Puoi farcela, Phoebe».

Arrivata alla sua scrivania, si avvicinò a Kathleen. «Ho bisogno del tuo aiuto. Hai ancora contatti con quel tizio alla motorizzazione?».

«Quello che ba-ba-ba-balbetta?» Lei ridacchiò e arrossì.

«Sì».

Kathleen si chinò più vicino. «L'ho visto ieri sera. E indovina un po': non balbetta, quando si mette all'opera. Se capisci cosa intendo».

Phoebe non poté fare a meno di ridere. «Sei terribile!» Ma grazie all'attiva vita sentimentale di Kathleen, Phoebe avrebbe avuto un vantaggio sulla concorrenza, perché aveva memorizzato la targa della moto di Scott, prima che lui si allontanasse.

7

Scott aprì il frigorifero e prese un'altra birra dal ripiano inferiore, fece saltare il tappo con il pollice e bevve un lungo sorso. Nel suo appartamento faceva un caldo soffocante e il padrone di casa non aveva ancora riparato l'aria condizionata. Ma questo non era l'unico motivo per cui si sentiva a disagio.

Per la centesima volta da quando era tornato dal luogo dell'incidente, ripercorse le sue azioni, passo dopo passo. Aveva commesso qualche errore durante il percorso? Il suo errore più grande era stato ovviamente quello di seguire la sua premonizione per evitare il disastro. Ma a parte quell'azione, c'era qualcosa che avrebbe potuto fare in modo diverso? Ogni volta che ripercorreva l'evento, giungeva alla conclusione che non avrebbe potuto fare nulla di diverso, alla luce delle circostanze.

Dopo essere tornato a casa, aveva cambiato le targhe della sua Ducati e si era liberato di quelle vecchie. Domani avrebbe riverniciato la moto in officina per renderla più difficile da identificare, nel caso in cui qualcuno avesse cercato una Multistrada Touring nera. E se le sue azioni di oggi avessero avuto conseguenze, era assolutamente pronto a lasciare la zona.

Sospirò e si tolse la maglietta, rimanendo in piedi davanti allo sportello aperto del frigorifero con i soli pantaloncini, i piedi nudi ben piantati sul fresco pavimento di piastrelle.

Non aveva davvero avuto la possibilità di scegliere quali azioni intraprendere, oggi. Proprio come non aveva mai avuto scelta quando aveva iniziato ad avere le premonizioni. Era un orfano e aveva vissuto in un orfanotrofio per la maggior parte della sua vita da ragazzo.

Richmond, Virginia - 25 anni prima

Il tredicenne Gary usò entrambe le mani per sbattere la faccia di Scott nella pozzanghera sporca. Non era la prima volta che il bullo si divertiva con Scott, usando la sua superiore forza fisica contro di lui.

L'undicenne Scott fece uno scatto all'indietro e colpì il petto di Gary, e riuscì a sollevare la testa per respirare. Le voci dei bambini che assistevano alla lotta si fecero più forti e la loro eccitazione aumentò, quando il bullo numero uno dell'orfanotrofio mostrò ancora una volta la sua superiorità fisica su uno dei ragazzi più giovani. Schivo e silenzioso, Scott era il bersaglio preferito di Gary, per queste dimostrazioni.

Ancora una volta, Gary spinse il viso di Scott nella pozzanghera, facendo ingoiare a Scott l'acqua sporca. Il panico salì, facendo aumentare il battito del suo cuore, che ora era accelerato, e il suo petto si contorceva cercando un respiro che non riusciva a prendere. Allora lo vide: una scena che si svolgeva davanti ai suoi occhi, anche se gli occhi erano chiusi per proteggerli dall'acqua sporca. Nonostante questo, osservò qualcosa che stava accadendo, come se fosse la realtà.

Un attimo dopo, la voce di un insegnante gli attraversò la testa e qualcuno lo tirò su. Scott tossì, espellendo l'acqua dai polmoni. Ma la sua rabbia era ormai al limite. Si girò di scatto e lanciò un'occhiataccia a Gary.

«Ti romperai entrambe le gambe quando cadrai da quelle scale, e poi sarò io a prenderti in giro!» Scott urlò al bullo, a denti stretti.

«Basta!» Ordinò l'insegnante. «Tutti e due! Sarete messi in punizione. Ora! Muovetevi».

UNA SETTIMANA DOPO, Gary cadde dalle scale principali dell'orfanotrofio e si ruppe entrambe le gambe. Nonostante le sue proteste per non aver avuto nulla a che fare con l'incidente, a Scott fu ordinato di presentarsi nell'ufficio del direttore dell'orfanotrofio, il signor Peabody. Tremando di rabbia per l'ingiustizia di essere accusato di qualcosa che non aveva fatto, Scott strinse i pugni sui fianchi e guardò con sfida l'uomo più anziano.

«Cos'hai da dire in tua difesa, Thompson?».

«Non sono stato io! Non ero nemmeno in casa! Ero sul retro, nel parco giochi».

Peabody sbatte il pugno sulla scrivania. «Smettila di mentire, Thompson! So che sei stato tu! Diverse persone ti hanno sentito dire la settimana scorsa che volevi spingerlo giù dalle scale per rompergli le gambe. La prossima volta che pianifichi qualcosa di così nefasto non essere così stupido da annunciarlo a tutti», tuonò il direttore.

Scott non sapeva cosa significasse nefasto, ma probabilmente non era niente di buono. Ma sapeva cosa significava 'stupido'. E non si sarebbe fatto chiamare stupido da nessuno. «Non ho detto che lo avrei spinto! L'ho visto cadere!»

Peabody si chinò sulla scrivania. «Hai appena detto che eri nel parco giochi. Da lì non si vedono le scale. Quindi eri in casa, proprio come sospettavo!».

«Non ero in casa. L'ho vista. Prima», si corresse Scott, incrociando le braccia sul petto.

«Se continui a mentire, la tua punizione sarà ancora più severa!» Affermò Peabody. «Sai cosa sarebbe potuto accadere? Avresti potuto ucciderlo. È fortunato ad essersi rotto solo le gambe. Avrebbe potuto rompersi il collo. Quindi dimmi la verità. Ammetti quello che hai fatto!»

Scott espulse un respiro rabbioso e le lacrime gli salirono agli occhi. Ma le respinse, ingoiandole, perché i ragazzi non piangevano. «Non sono stato io! Non l'ho spinto. L'ho visto cadere. L'ho visto la settimana scorsa. Nella mia testa. L'ho visto nella mia testa. Come tutte le altre cose».

Peabody si bloccò e si tirò un po' indietro. «Cosa? Cosa stai vedendo?»

Scott tirò su col naso. «Tutte le altre cose. Cose che non sono ancora successe. E poi accadono». Abbassò la testa. Non l'aveva mai detto a nessuno, perché non voleva essere diverso. Era già abbastanza difficile essere nell'orfanotrofio, era già abbastanza duro tenere testa a ragazzi come Gary. Non gli sarebbe servito a nulla, se avessero scoperto che era diverso, che era un fenomeno da baraccone.

«Dimmi cosa vedi», gli chiese Peabody, anche se la sua voce non era più dura come prima.

Scott alzò gli occhi e incontrò il suo sguardo. Ma aveva già detto troppo. Era meglio accettare la punizione, che essere etichettato come uno scherzo della natura. Strinse le labbra e scosse la testa.

LA SUCCESSIVA CONVOCAZIONE nell'ufficio del direttore arrivò tre giorni dopo. Questa volta il direttore non era solo. Un uomo era seduto sulla sedia di fronte alla scrivania e si alzò, quando Scott entrò, dopo aver bussato con esitazione alla porta. Quando lo sconosciuto girò la testa, Scott trattenne il respiro. Aveva riconosciuto quell'uomo.

«Thompson, questo è il signor Sheppard. È venuto a parlarti», disse Peabody.

Il signor Sheppard sorrise, un gesto gentile e garbato. «Allora, questo è il ragazzo». Allungò la mano. «Ho sentito parlare molto di te, Scott. Io sono Henry».

Scott gli strinse la mano e la lasciò andare rapidamente, guardando Peabody, che era rimasto seduto dietro la sua scrivania.

«Non sei muto, Thompson. Saluta il tuo visitatore».

Scott fece scorrere gli occhi sullo sconosciuto. Sembrava più giovane di Peabody, che Scott sapeva aver da poco festeggiato il suo cinquantesimo compleanno. Ma era più vecchio del suo insegnante di inglese, il signor Langenfeld, che aveva poco più di trent'anni. I capelli del signor Sheppard erano castano scuro, come i suoi occhi. Indossava un abito da lavoro, ma senza cravatta. Quest'uomo puzzava di autorità, anche se non ispirava il tipo di paura che Peabody suscitava in Scott.

«Thompson», ripeté Peabody, ma Mr. Sheppard lo fermò sollevando la mano.

«Dai un minuto al ragazzo».

Un sentimento di gratitudine attraversò Scott. Presto sarebbe andato tutto bene. «Ti ho visto in una casa circondata da un alto muro e con un'altalena di legno sul retro, coperta di neve».

«Quando sono stato lì?» Chiese dolcemente lo sconosciuto.

«Il prossimo inverno».

«Perché pensi che sarà il prossimo inverno?»

«Perché stavo guardando fuori dalla finestra della mia camera al secondo piano mentre tu spalavi la neve. Su quel sentiero, quello che porta al cancello posteriore, fino a dove c'è il piccolo ruscello. Era ghiacciato. Mi avevi promesso di portarmi a pattinare sul ghiaccio».

Il signor Sheppard fece un ampio sorriso e scambiò un'occhiata trionfale con Peabody prima di rivolgersi nuovamente a Scott. «Beh, allora è meglio che tu faccia le valigie, così possiamo partire prima di perdere la neve».

«Sei sicuro?» Intervenne Peabody.

Il signor Sheppard si voltò verso il direttore. «Ha il dono. Non gli hai detto che stavo arrivando, vero?»

Peabody scosse la testa. «Non una parola. Proprio come avevi richiesto».

«Allora non poteva sapere di me o della mia casa. O del ruscello che c'è dietro». Si voltò di nuovo verso Scott. «Scott, dimmi quando mi hai visto».

«Molto tempo fa. Ogni autunno speravo che venissi. E ogni volta che la neve si scioglieva, sapevo di dover aspettare un altro anno».

«Anch'io ti ho aspettato. Ci ho messo molto tempo, per trovarti». Allungò la mano verso Scott, che la afferrò immediatamente.

Finalmente stava per avere una vera casa. Una casa con un uomo che lo capiva, perché era proprio come Scott. Un uomo che vedeva le cose che vedeva Scott e non lo avrebbe considerato un mostro. Finalmente qualcuno lo avrebbe capito e lui non avrebbe più dovuto nascondersi. Aveva un futuro che lo aspettava.

Ma, anni dopo, quel sogno si era infranto e Scott aveva perso tutto.

Henry Sheppard, l'uomo che era diventato suo padre, se n'era andato.

Il futuro di Scott era incerto.

Era in fuga e lo sarebbe rimasto fino al suo ultimo respiro.

8

Phoebe fece un respiro profondo. Era arrivata fin qui, non poteva tirarsi indietro adesso. Era stato abbastanza difficile rintracciare Scott. Anche se il contatto di Kathleen con la motorizzazione le aveva fornito l'indirizzo dove era registrata la moto di Scott, quella pista era finita in un vicolo cieco, o meglio in un negozio di cassette postali, non in un indirizzo residenziale. Per fortuna, si era ricordata qualcosa sull'abbigliamento di Scott, quando l'aveva salvata. Indossava una tuta da lavoro, sotto la giacca di pelle e quando la giacca si era aperta aveva intravisto un logo sul taschino. *Al's*, c'era scritto. Aveva cercato tutte le aziende che si chiamavano Al's e si era stupita di quante officine si chiamassero Al's o qualcosa del genere. Ma dopo due ore aveva trovato un'officina di riparazione di motociclette a Cicero che aveva alle sue dipendenze un uomo di nome Scott.

Ci aveva messo molto meno tempo per trovare il proprietario del negozio a casa sua e convincerlo a dirle dove avrebbe potuto trovare Scott. Se ci avesse messo un po' più di fascino, Al le avrebbe consegnato le chiavi del suo negozio e le avrebbe chiesto di prendersi tutto ciò che volesse. A volte odiava davvero dover mentire alle persone per fare il suo lavoro.

Nervosamente, Phoebe lanciò di nuovo un'occhiata in fondo alle scale, dove la moto di Scott era parcheggiata dietro un cassonetto, come se non volesse che fosse vista dalla strada. Questo di per sé non la sorprese, dato che molti residenti della zona non volevano pubblicizzare che c'era qualcosa di valore da rubare. Ma quando guardò la targa, dovette ricredersi. I numeri che aveva memorizzato erano diversi da quelli sulla targa, anche se si trattava sicuramente della moto che lui aveva guidato.

Era in piedi davanti alla porta dell'appartamento di un criminale e stava per bussare? Era sicuro? Se aveva cambiato la targa, non solo significava che aveva qualcosa da nascondere, ma anche che aveva i mezzi per farlo. Dopotutto, chi tiene a portata di mano una targa di riserva?

Il cuore le rimbombava nel petto. Stava cercando guai, venendo a casa di Scott, quando lui non voleva farsi trovare? Si sarebbe messa in pericolo?

Hai bisogno di questa storia, si disse. *Non essere così fifona. Forse sta solo evitando di pagare gli alimenti per i figli.*

Giusto. Probabilmente aveva messo incinta una donna che ora stava cercando di chiedergli gli alimenti. Dopotutto, chi non andrebbe a letto con un uomo come lui e non getterebbe la prudenza al vento?

Il suo cuore sussultò al pensiero. E questa volta non fu la paura, a farle battere forte il cuore. Ricordava ancora il momento in cui lui l'aveva tirata fuori dall'autobus, quando aveva guardato in faccia la morte. I secondi successivi, quando era stata cullata dal suo corpo protettivo, si era sentita al sicuro. E quando si era stretta a lui, abbracciandolo forte, altre sensazioni avevano attraversato il suo corpo, sensazioni che non avevano nulla a che fare con l'essere al sicuro. Che in un momento come quello potesse sentire il desiderio e l'eccitazione risvegliare il suo corpo le era sembrato impossibile, ma dopo aver ingannato la morte, si era sentita più viva che mai.

Non importava cosa Scott stesse nascondendo o da chi si stesse nascondendo, lei sapeva che non le avrebbe fatto del male. Aveva rischiato la sua vita per salvare la sua e quella dei bambini che aveva in custodia.

Raccogliendo tutto il suo coraggio, Phoebe bussò alla porta dell'appartamento. Sentì qualcuno muoversi all'interno e poi una bassa imprecazione. Il suo sguardo si spostò sullo spioncino della porta. Non aveva bisogno di avere la vista a raggi X per capire che Scott l'aveva vista.

«Scott, so che sei lì».

Passarono ancora alcuni secondi, poi la porta venne finalmente aperta. Scott apparve nel riquadro, aprendola solo per far spazio a sé stesso, in modo che lei non fosse in grado di oltrepassarlo per scivolare all'interno.

«La giornalista», disse, a mo' di saluto. «Come mi hai trovato?»

Per un attimo Phoebe rimase senza parole, non per la domanda di lui, ma perché i suoi occhi erano impegnati a guardarlo. Scott non indossava la camicia. Il suo petto era nudo, senza peli e scolpito. Non sembrava un culturista, ma un uomo molto in forma, che non era nuovo alla palestra. I suoi bicipiti erano definiti, i pettorali forti e la pancia sfoggiava una tartaruga. Al centro, una sottile linea di peli scuri si infittiva e scompariva nei pantaloncini. Cercò di bagnarsi la gola secca deglutendo.

«Hai finito di guardare?»

Con l'imbarazzo che la pervase, sollevò gli occhi sul viso di lui. «Uh...»

«Allora forse ora puoi rispondere alla mia domanda. Come mi hai trovato?».

«La tua targa».

Scott sollevò un sopracciglio. «Come sappiamo entrambi, quella non ti avrebbe portato a questo indirizzo».

«Il che ha reso le cose un po' più difficili, ma sono stato fortunata».

«Fortunata?» Lui strinse gli occhi. «È ancora da vedere, questo».

Phoebe si mosse, a disagio. «Senti, volevo solo parlarti di...»

«Come mi hai trovato?»

Chiaramente, non le avrebbe parlato finché non avesse risposto alla sua domanda. Phoebe sospirò. «Bene. Visto che insisti. Ho visto un logo sulla tua tuta da lavoro sotto la giacca. Ho pensato che lavorassi in una specie di officina, così ho cercato tutte le aziende che si chiamano Al's e ho scoperto dove lavoravi. Ho parlato con Al e gli ho chiesto dove potessi trovarti».

La sua mascella si irrigidì. «Dovrò parlare seriamente con Al».

Phoebe allungò la mano e gli toccò l'avambraccio. «Per favore, non essere arrabbiato con lui. L'ho lusingato molto, per farmi dare il tuo indirizzo».

«Senza dubbio». Guardò con attenzione la mano di lei che era ancora appoggiata sul suo braccio. «Questo approccio non funzionerà, con me».

Lei ritirò la mano. «Per favore, voglio solo parlarti di quello che è successo questo pomeriggio».

«Non parlo con i giornalisti». Fece un passo indietro e cercò di chiudere la porta.

«Ti prego, Scott. Fammi entrare. Possiamo parlare. In via ufficiosa».

Lui si lasciò sfuggire una risata amara. «Niente è mai ufficioso, con un giornalista».

«Mi dispiace che tu abbia avuto una brutta esperienza con i giornalisti, ma io non sono così. Oggi hai rischiato la vita per me, anche quando ti ho detto di salvarti. I miei lettori vogliono sapere perché l'hai fatto. Tutti vogliono leggere di un eroe».

«Un eroe? Non sono un eroe», si schernì Scott. «Non ha importanza perché l'ho fatto. Ora vattene».

«No!» Lei sbatté la mano contro la porta, spalancandola di nuovo. «Non me ne andrò finché non avremo parlato. Ci sono tante cose che hanno bisogno di una spiegazione. Come hai fatto ad arrivare in tempo. Come hai fatto a sapere cosa fare». E perché avesse con sé una chiave inglese. Dopotutto, quale meccanico porta con sé una chiave inglese solo nella remota possibilità che gli serva per sfondare una porta a vetri?

«Non capisci, vero? Non c'è niente di cui parlare».

«Per favore, fammi entrare».

All'improvviso fece un passo verso di lei, con il viso a pochi centimetri dal suo. «Non mi interessa parlare. Ci sono solo due cose che voglio, in questo momento: una birra e del sesso. E la birra ce l'ho già. Quindi, a meno che tu non voglia fornire il sesso, ti suggerisco di andartene adesso».

Lei rimase senza fiato. Le aveva appena fatto una proposta? Il suo cuore iniziò a tuonare. Il suo battito accelerò e il sangue le corse nel corpo, diffondendo calore in ogni cellula del suo corpo.

«Vattene», le ordinò.

Phoebe si ritrovò a scuotere la testa e a spingere la mano contro la porta, aprendola di più. Lo superò ed entrò nell'appartamento e poi si guardò alle spalle, dove Scott era ancora in piedi davanti alla porta, congelato e che la fissava incredulo.

«Non ti aspetterai che faccia sesso con te in corridoio, vero?» Chiese. «Hai intenzione di chiudere la porta o volevi che i tuoi vicini ci guardassero?» Se lui sapeva bluffare, lo sapeva fare anche lei.

Scott lasciò che la porta si chiudesse alle sue spalle e mise il catenaccio. Con due passi si mise di fronte a lei. «Non hai idea di quello in cui ti stai cacciando».

La stava avvertendo? Non ebbe il tempo di contemplare le sue parole, perché nell'istante successivo lui la tirò a sé, con una mano che le cingeva la vita e l'altra che le cingeva la nuca. La sua bocca scese sulla sua. Calde e decise, le sue labbra premettero contro le sue, immobilizzandola.

Phoebe capì allora che Scott non stava bluffando. Aveva davvero intenzione di portarsela a letto. E contemporaneamente si rese conto di un'altra cosa: lei voleva andare a letto con lui.

Scott sentì le labbra di Phoebe cedere, il suo corpo modellarsi contro il suo e le sue braccia circondargli la schiena, per tirarlo più vicino a sé. I suoi palmi morbidi gli accarezzarono la schiena nuda e un brivido lo attraversò. Inclinò la bocca e passò la lingua sulla linea delle sue labbra. Phoebe le aprì all'istante, invitandolo a esplorare la sua deliziosa bocca. Con avidità, ci si infilò, accarezzando la sua lingua e facendo scorrere le sue labbra contro quelle di lei. Non c'era nulla di incerto, in questo bacio, nessuna esitazione, nessun freno. Phoebe lo stava baciando con una passione e un impeto che raramente aveva visto in una donna.

Cazzo! Non era quello che si aspettava che accadesse. Era certo che Phoebe sarebbe fuggita, scioccata dalla sua proposta oltraggiosa. Dopotutto, erano estranei e lei voleva solo una storia per il suo giornale. Lo aveva detto lei stessa. E stava facendo tutte le domande giuste, domande a cui lui non aveva assolutamente intenzione di rispondere.

Ma se tutto ciò che voleva era una storia, perché ora gli permetteva di baciarla? L'avrebbe fermato, quando fosse andato al sodo, quando fosse arrivato al punto di non potersi più fermare e di doverla avere? Avrebbe insistito perché lui le raccontasse la sua storia, prima di andare a letto con lui?

No, non poteva permetterle di usarlo in questo modo.

Scott staccò le labbra dalle sue. «È meglio che tu te ne vada ora, prima che entrambi facciamo qualcosa di cui ci pentiremo».

Con occhi pieni di lussuria lei lo fissò, le labbra turgide e rosse, la bocca leggermente aperta. «Non me ne pentirò».

Scott scosse la testa. «Se pensi che venendo a letto con me ti darò qualcosa per la tua storia, ti sbagli». Si allontanò da lei, ma lei gli afferrò le braccia.

«Non si tratta della storia».

Inclinò la testa verso la porta. «Lo era, un momento fa».

«Lo so. Ma a volte le cose cambiano».

«Nemmeno tu ci credi». E per quanto Scott volesse crederci, non era così ingenuo da bersi qualsiasi cosa dicesse una giornalista. Anche se quella giornalista era la donna più sexy che avesse mai toccato.

«So solo che oggi sarei morta, se non fosse stato per te. Credi quello che vuoi. Che lo faccia per la storia, o perché voglio ringraziarti per avermi salvato la vita, o solo perché voglio sentire il corpo di un uomo, cosa ti importa?»

Scott strinse la mascella e la tirò a sé, facendo sbattere il bacino di lei contro il suo inguine. «È importante. Tutto è importante». Le prese la nuca e portò il suo viso verso di sé. «Allora, dimmi subito la verità. Perché vorresti venire a letto con me? Per quanto ne sai, potrei essere uno stupratore seriale».

Phoebe tremò e le sue palpebre si abbassarono appena, come se non riuscisse a guardarlo. Le sue guance avvamparono e un rossore si diffuse su tutto il suo viso. Sembrava quasi innocente, ora.

«Voglio sentire il corpo di un uomo». Fece un respiro profondo. «No». Scosse la testa. «No, non quello di un uomo qualsiasi. Voglio sentire il *tuo* corpo». Quando sollevò le palpebre per guardarlo dritto negli occhi, il desiderio nei suoi occhi fu inconfondibile.

«Dannazione, Phoebe!» Scott imprecò. Se lei avesse detto qualcos'altro, lui l'avrebbe buttata fuori a calci nel sedere. Ma la sua confessione di volerlo lo indebolì. Lo rese troppo debole per resisterle. E, nonostante la consapevolezza di essere coinvolto in qualcosa che non poteva controllare, non riuscì a trattenere le sue parole successive.

«Non mi fermerò finché non avrò finito. Lo capisci? Una volta che ti avrò baciato di nuovo, non lascerai il mio letto finché non saremo entrambi completamente soddisfatti. Ultima possibilità di andartene. Non ti fermerò, se te ne vai adesso».

«Scott?»

«Hmm?»

«Dov'è la tua camera da letto?»

Lui storse le labbra in un mezzo sorriso. «Se continui a dire cose del genere, un giorno ti metterai nei guai».

«Ma non stasera».

«No, non stasera». Scott sfiorò le sue labbra con quelle di lei. «Stasera avrai solo piacere».

9

Scott adagiò Phoebe sul letto e le sfilò i sandali dai piedi prima di raggiungerla. Non aveva intenzione di affrettare i tempi, nonostante il suo cazzo si fosse già riempito di sangue e fosse duro come una roccia, solo per averla baciata.

I suoi capelli scuri si allargarono sul cuscino, rendendo il suo viso più innocente di quanto non fosse. Dopotutto, nessun giornalista può essere innocente, ma per la prossima ora si sarebbe dimenticato di ciò che era e si sarebbe concentrato solo sulla donna che era in lei, non sulla giornalista che cercava risposte.

«Sei bellissima», mormorò, e catturò le sue labbra, prima che lei potesse dire qualcosa in risposta.

Reggendosi a metà strada sopra di lei, la baciò appassionatamente, mentre le sfilava la camicia dai pantaloni e apriva i bottoni per raggiungere la ricompensa che c'era sotto. A ogni bottone che sfilava dalla sua asola, esponeva al suo tocco una parte maggiore della sua carne morbida. Il suo corpo si riscaldò ancora di più e fu felice di indossare solo i pantaloncini e nient'altro.

Phoebe rispose al suo bacio come se non baciasse un uomo da molto tempo, con una fame che lui accolse con favore e un'abilità che apprezzò ancora di più. Non stava baciando una donna inesperta, ma una donna che sapeva cosa voleva e come ottenerlo. Fare l'amore con lei sarebbe stato un dono speciale.

Infine, aprì tutti i bottoni della camicia e scostò il tessuto. Lei indossava un reggiseno sottile che non gli impedì di sentire il rigoglioso frutto sottostante, quasi come se fosse già nuda. Fece scivolare la mano su un seno e lo strizzò timidamente. La sua carne era soda e morbida allo stesso tempo. Perfetta. Proprio come piaceva a lui. Sotto le sue dita, il capezzolo si indurì e un gemito uscì dalle sue labbra.

Quanto gli piaceva una donna reattiva.

Scott le liberò le labbra, provocando un mugolio deluso di Phoebe e abbassò la testa sul suo seno. Spinse il reggiseno da parte in modo che il capezzolo fosse scoperto. Un attimo dopo, leccò il bocciolo rosato e la assaggiò per la prima volta. Sotto la sua bocca, Phoebe tremò ed emise un altro gemito.

«Sì», mormorò lei, in segno di incoraggiamento.

Lui canticchiò la sua approvazione contro il capezzolo e lo succhiò, mentre stringeva la sua carne nel palmo della mano. Gli piaceva la sensazione di pesantezza con cui il suo seno riempiva la sua mano, quasi rovesciandosi. Nonostante la vita sottile, Phoebe aveva delle curve. I suoi seni erano pieni e rigogliosi e i suoi fianchi erano abbastanza morbidi da accogliere un uomo quando si spingeva nel suo corpo. Ma lui stava facendo il passo più lungo della gamba. Prima di immergersi in lei, voleva esplorare a fondo il suo corpo e darle piacere fino a quando non lo avrebbe implorato di prenderla.

Aveva sempre adorato far impazzire una donna di desiderio e di necessità e farla pensare solo a una cosa: averlo dentro di sé. E con Phoebe lo volle ancora di più. No, non solo lo voleva. Aveva bisogno che lei lo implorasse di prenderla. E aveva bisogno che urlasse il suo nome quando sarebbe venuta. Così avrebbe saputo che era davvero viva. Perché ora che era nel suo letto, sentì un brivido attraversare il suo corpo al pensiero che oggi avrebbe potuto morire in quello scontro. Pochi secondi dopo e sarebbe stato troppo tardi, per lei.

Pochi secondi dopo e avrebbe dovuto abbandonarla per salvarsi la pelle.

Questo pensiero lo spinse a leccarle più forte il suo seno. Quando sentì la mano di lei scivolare sulla sua nuca e accarezzarla, gemette per l'intenso piacere del suo tocco. Sapeva che una volta che lei avesse toccato parti più intime del suo corpo, sarebbe esploso in fiamme. Forse era rimasto senza sesso per troppo tempo. O forse sentiva tutto così intensamente, stasera, a causa di ciò che era successo all'inizio della giornata. Per il pericolo che avevano corso.

Desiderando di più, Scott le lasciò il seno per un momento e la liberò della camicia e del reggiseno, gettando gli indumenti sul pavimento. La sua carne abbondante si riversò nelle sue mani in attesa. Lui si spostò sul letto. Phoebe capì e allargò le gambe in modo che lui potesse muoversi e affondare il viso tra i suoi seni, leccando prima uno e poi l'altro picco.

Amava la sua morbidezza e l'apertura con cui accoglieva ogni sua carezza, sia che fosse tenero o esigente, appassionato o gentile, con lei. Qualunque cosa facesse, i suoi suoni di piacere rimbalzavano contro le pareti della sua camera da letto spoglia, mentre i suoi fianchi si muovevano contro di lui in modo inconfondibile.

Tenendo le labbra avvolte intorno al capezzolo, Scott fece scivolare una mano lungo il busto fino a raggiungere la parte superiore dei pantaloni di lino leggero. Il respiro di Phoebe si fece affannoso e lui rallentò la sua discesa. Il suo bacino si inarcò contro il suo palmo e lui si spostò più in basso fino a che la sua mano non toccò il suo sesso. Il calore si sentiva attraverso il tessuto.

«Sì». Sibilò la parola in una disperata richiesta per avere di più.

Sollevò la testa per un attimo. «Pazienza, piccola».

Poi le baciò di nuovo i seni, succhiandole i capezzoli duri, mentre la sua mano si spostò sul bottone dei pantaloni e li aprì. Poi aprì la cerniera. Sentì il petto di lei alzarsi e abbassarsi con un sospiro di sollievo.

«Mi vuoi?» Mormorò lui, con la mano appoggiata sul ventre di lei e le dita che sfioravano le sue mutandine.

«Sì, ti prego, Scott, toccami».

Spinse la punta delle dita sotto le mutandine, poi si spostò lentamente verso il basso, attraverso il nido di peli ruvidi. Ancora più in basso. Phoebe sollevò il bacino, chiedendo silenziosamente di più. Con delicatezza, lui si adeguò e si bagnò le dita con il suo calore umido, accarezzando la carne eccitata con movimenti non affrettati.

Scott sollevò la testa dal suo seno e la guardò, poi si spostò per avvicinare le labbra alle sue. «Così?»

«Perfetto».

Sentì un sorriso incurvarsi sulle labbra. Se Phoebe pensava che questo semplice tocco fosse perfetto, non aveva ancora sperimentato nulla. Portò le labbra sulle sue e la baciò, mentre più in basso allungò un dito e la penetrò con attenzione. In tutta risposta, lei si sollevò contro di lui.

Cristo, quanto era stretta! I suoi muscoli interni stringevano il suo dito come se non volesse che lui se ne andasse. Ma Scott aveva altri piani. Estrasse il dito e si spostò in alto verso il suo centro del piacere. Quando trovò il pezzo di carne ingrossato e lo accarezzò, Phoebe gemette nella sua bocca. Lui catturò il suono inebriante e lo sentì riverberare nel suo petto.

Ritmicamente, il suo bacino si strusciò contro la mano di lui. Si strofinava contro di lui, incitandolo, con il petto che si agitava e il respiro irregolare. Ma lui poteva fare di meglio. Poteva farla eccitare ancora di più, molto di più.

Dopo aver interrotto il bacio, lui scivolò lungo il corpo di lei, liberò il suo sesso e afferrò i suoi pantaloni. Mentre glieli sfilava dalle gambe, lei lo aiutò sollevando il sedere dal letto. Seguirono le sue mutandine. Alla fine, rimase nuda davanti a lui. Una vera e propria festa per gli occhi.

Scott le prese le cosce e le allargò, prima di abbassare la testa sul suo sesso.

Un sussulto sorpreso fu la sua risposta mentre lei si tirava su. «Scott!»

«Shhh», mormorò. «Goditela e basta». Perché non faceva questo con tutte le donne con cui faceva sesso. Anzi, lo faceva raramente. Era una cosa troppo intima, riservata a una persona con cui aveva un legame più profondo e non alle avventure di una notte che aveva di tanto in tanto.

Ma con Phoebe era diverso. Voleva assaggiarla per provare l'intimità di sentirla fremere sotto la sua bocca. Desiderava quella vicinanza. Anche solo per questa notte, voleva sentire un legame con qualcuno. Con Phoebe.

Quando passò la lingua sulle sue pieghe umide e assaggiò la rugiada che era uscita da lei, tutto il suo corpo si contorse per l'eccitazione. Dietro i pantaloncini, il suo cazzo premeva contro il materasso e lui spingeva i fianchi, come se stesse già spingendo dentro Phoebe. Già ora sentiva il liquido preseminale trasudare dalla punta. Non sapeva con certezza per quanto tempo sarebbe riuscito a trattenersi, prima che il bisogno di prenderla lo travolgesse. Ma non ci sarebbe voluto molto.

Desideroso di dare piacere alla donna tra le sue braccia, Scott leccò il suo sesso, stuzzicando il suo centro del piacere con colpi decisi della lingua e dolci carezze con le dita. Phoebe si contorse sotto di lui, strofinandosi sempre più rapidamente contro la sua lingua e le sue dita.

«Oh, sì, di più, sì!»

Le sue parole erano come un canto e lui le accolse tutte. Lei gli conficcò le mani nelle spalle, come se ne andasse della sua vita.

«Ti prego, ti prego!» Implorava. «Scott! Ti prego!»

Sapeva cosa voleva, di cosa aveva bisogno. Non lasciando andare il suo clitoride, le infilò due dita dentro e la sentì vibrare contro di lui. Contemporaneamente, risucchiò il fascio di nervi ingrossati nella sua bocca e strinse le labbra.

Phoebe scoppiò. Poteva sentire le onde che attraversavano il suo corpo fisicamente, mentre le vibrazioni raggiungevano le sue dita e le sue labbra.

Cazzo! Aveva sottovalutato quanto sarebbe stata intensa questa sensazione. Solo sentendo Phoebe raggiungere l'orgasmo, stava danzando sull'orlo del suo stesso piacere.

Sollevò la testa e tolse le dita con riluttanza, ma ora doveva sbrigarsi. Se non fosse entrato in lei nei prossimi secondi, non ce l'avrebbe fatta.

Freneticamente, Scott si liberò dei pantaloncini, felice di essere senza mutande, e si avvicinò al comodino. Prese un preservativo dal cassetto, lo aprì e se lo infilò.

Quando tornò a guardare Phoebe, i suoi occhi erano puntati su di lui.

«Mi vuoi?»

Lei lo raggiunse, tirandolo più vicino a sé. «Sì».

Quando lei cercò di toccare il suo cazzo, lui le afferrò il polso, impedendole di agire. «Se mi tocchi adesso, verrò».

«Non possiamo permetterlo», mormorò lei, seducente, e si sdraiò sul letto.

Scott si spostò su di lei, si sistemò nel solco fra le sue gambe e si appoggiò sui gomiti e sulle ginocchia. Guardandola negli occhi, la penetrò fino n fondo. «Cazzo!»

Nonostante il preservativo, che normalmente privava il suo cazzo di parte della sensibilità, la sensazione di essere dentro Phoebe era intensa. E non si stava ancora muovendo. Era semplicemente conficcato dentro di lei, e stava facendo dei respiri regolari nella speranza di scongiurare l'imminente orgasmo.

«È bello, sentirti dentro di me», disse Phoebe, facendo scivolare le mani sul suo sedere e incrociando le caviglie dietro le sue cosce.

«Sì?» Lui abbassò la testa sul suo viso e prese in bocca il suo labbro inferiore, passandoci sopra la lingua. «Sei pronta per averne di più?»

«Mmm».

«Lo prendo come un sì».

Tirò indietro i fianchi e si ritirò quasi completamente dalla sua guaina di seta, prima di rientrare in lei. Come un guanto stretto, lei lo avvolse e lui iniziò a spingere con regolarità. Sebbene volesse mantenere un ritmo lento, non ci riuscì. Il suo corpo stava dettando le sue azioni e lui non aveva più il controllo. Spinto dal bisogno di liberarsi, il suo corpo prese a pensare per conto suo. I suoi fianchi lavorarono freneticamente, il suo bacino sbatteva contro il suo in rapida successione, il suo cazzo scivolava dentro e fuori di lei senza sosta. I suoi movimenti diventavano sempre più selvaggi e veloci ogni minuto che passava.

Il suo busto era coperto di sudore e ogni volta che i loro corpi si univano, il suono riecheggiava sulle pareti, sottolineando i loro gemiti e sospiri combinati. Il respiro pesante si mescolava a quel suono. A ogni spinta, Phoebe si inarcava contro di lui.

«Sì, vieni con me», la incoraggiò, desiderando sentire il suo corpo spasimare, quando avrebbe raggiunto l'orgasmo, sapendo che avrebbe solo aumentato il suo piacere.

«Più forte! Di più!» Chiese lei.

Scott accolse la sua richiesta. Istintivamente si era trattenuto, non volendo farle del male, ma ora che lei lo spronava a prenderla con più ferocia, si lasciò andare. Si appoggiò sulle ginocchia, le afferrò i fianchi con entrambe le mani e le inclinò il bacino verso l'alto, immobilizzandola. Poi si tuffò in lei, questa volta più forte. E anche più velocemente. Phoebe ansimò, il suo petto si gonfiò, ma non lo fermò, non espresse alcuna protesta. Al contrario, gli occhi di lei si incrociarono con quelli di lui, riflettendo l'approvazione e il desiderio che brillavano in quelli di lui.

«Sì! Scott! Sì!»

Sentiva le palle bruciare e sapeva che ormai non si poteva più tornare indietro. Stringendo i denti e serrando la mascella, si spinse dentro di lei, mentre con le mani tirava il bacino di lei verso di sé con lo stesso movimento, raddoppiando l'impatto.

Phoebe gemette, poi un brivido attraversò il suo corpo. Prima che lo raggiungesse, Scott sentì il suo sperma schizzare attraverso il suo cazzo ed esplodere dalla punta. «Cazzo!»

Il suo cazzo continuava a spingere avanti e indietro, mentre le sue mani tenevano ancora immobili i fianchi di Phoebe per impedirle di scappare. Anche se non sembrava che avesse alcuna intenzione di farlo. Al contrario, lei raggiunse il suo viso, lo tirò a sé e lo baciò. I suoi movimenti rallentarono e, dopo quella che sembrò un'eternità, si fermò.

«È stato... wow».

Scott premette la fronte contro la sua. «Sì, wow è la parola giusta». Si staccò da lei e si liberò del preservativo, poi la prese di nuovo tra le braccia. Fece qualche respiro e le accarezzò la schiena prima di far scivolare la mano sul suo sedere e appoggiarla lì.

«Non me lo aspettavo», ammise lui.

Phoebe sollevò la testa dal suo petto. Sembrava molto amata e lui doveva ammettere che quell'aspetto di lei gli piaceva.

«Non ti aspettavi cosa?»

«Che tu accetti la mia sfida».

«Si trattava di questo? Una sfida?» Lei ridacchiò dolcemente. «Ho avuto l'impressione che volessi scioccarmi, con la tua proposta».

«E? Ci sono riuscito?»

«Non sarei qui, se lo avessi fatto».

Scott sollevò un sopracciglio. «Senza paura, eh?»

«Non mi sembri una persona che dovrei temere».

«Non ne hai idea». Se solo avesse saputo cosa era stato, per chi aveva lavorato, le cose che aveva fatto e quelle di cui era capace. Ma non lo avrebbe mai scoperto. Perché, nonostante l'incredibile sesso che avevano fatto, lui non le avrebbe detto nulla, di sé. Era comunque una giornalista.

«Che cos'è quel broncio?»

Lui scosse la testa. «Niente domande, ricordi?»

Phoebe alzò gli occhi al cielo e iniziò ad alzarsi.

«Dove stai andando?»

«Dove pensi che stia andando? Me ne vado».

«Perché?»

«Perché non vuoi nemmeno dirmi perché hai il broncio subito dopo aver fatto sesso». Fece scivolare le gambe giù dal letto. «Come se te ne fossi già pentito».

Scott sospirò e la raggiunse. «Quel broncio non ha niente a che fare con te».

Phoebe si alzò. Scott si alzò di scatto e la abbracciò da dietro, tirandola contro il suo corpo. Sapeva che avrebbe dovuto lasciarla andare via, ma non poteva. Non voleva che lei pensasse male di lui.

«Non mi pento di quello che è appena successo tra noi. Mi è piaciuto ogni secondo. Sei una donna straordinaria, Phoebe. È solo che, beh, è complicato. E non posso parlarne».

«Complicato? Quale uomo non l'ha mai detto, dopo aver fatto sesso con una donna? Lascia che ti renda le cose più semplici. Me ne andrò e non dovrai più trovare scuse per giustificare la mia assenza».

Aveva ragione su tante cose. Alla fine, avrebbe inventato una scusa per farla andare via. E avrebbe dovuto accettare la via d'uscita che lei gli stava offrendo. Ma per qualche inspiegabile ragione, non ci riusciva.

«Phoebe, ti prego, passa la notte con me. Resta qui».

Lei girò la testa e lo guardò, incredula. «Vuoi che resti qui? Cos'è successo al fatto che è *complicato*?»

Scott le passò le nocche sulla guancia. «Dimenticati di quello. Non ha importanza, stanotte. Dormi qui, con me, nel mio letto. Adoro averti tra le mie braccia».

Lei inclinò la testa all'indietro in un chiaro invito, le labbra si aprirono e le palpebre si abbassarono a metà.

«Grazie», mormorò lui. «Mi farò perdonare».

«Come?»

«Dammi qualche minuto per riprendermi e te lo mostrerò».

E bastarono pochi minuti perché lui fosse pronto a fare di nuovo l'amore con lei.

10

Scott correva verso l'edificio, ma i suoi piedi non volevano assecondarlo. Più veloce correva, più sembrava allontanarsi. Come se stesse correndo al contrario. Allungò le braccia per afferrare ciò che aveva davanti, ma le sue dita non toccarono nulla. I polmoni gli bruciavano per la stanchezza, ma non poteva fermarsi, sapeva di dover continuare, perché il destino di tante persone dipendeva da lui.

Ma non ce l'avrebbe fatta. Lo sapeva istintivamente. Quando vide i sei Marine portare fuori la bara dalla stiva dell'aereo, capì che sarebbe arrivato troppo tardi. La bandiera americana drappeggiata sulla bara sventolava nella brezza, mentre i sei camminavano stoicamente verso il loro destino.

Scott cercò di urlare, di avvertirli di mettersi al riparo, di trovare un rifugio, ma sapeva che se anche l'avessero fatto, non avrebbero potuto salvarsi.

L'esplosione lo sbalzò in aria. L'onda d'urto che seguì lo sbatté contro un muro. Poi ci furono solo fiamme e un fuoco così caldo che sembrava provenire dall'inferno stesso.

Scott sentì la sua pelle sciogliersi. Il dolore lo rese immobile. Non riuscì nemmeno a urlare, perché il fuoco gli stava bruciando il viso, finché non rimase un solo pensiero: Stargate aveva fallito la sua missione finale.

Stargate disattivato.

A quel comando, Scott si alzò a sedere. Era nella sua camera da letto. L'inferno di fuoco era sparito e lui era vivo. Si passò una mano sul viso, controllando istintivamente di stare bene.

Era lo stesso incubo che aveva avuto molte volte in precedenza, anche se sapeva che non era un vero incubo. Era una premonizione, anche se questa in particolare sembrava colpirlo solo quando dormiva, mentre le altre visioni gli arrivavano quando era sveglio.

Ma, come le altre notti in cui aveva avuto questa premonizione, non aveva intravisto abbastanza informazioni per permettergli di capire dove e quando sarebbe avvenuto questo disastro. Non c'erano indicazioni sul luogo, anche se i sei Marine nella sua visione sembravano suggerire che l'inferno sarebbe avvenuto sul suolo americano.

Scott non aveva idea di cosa stesse causando l'esplosione o di quanto fosse grande, ma dall'onda d'urto che sentiva sempre colpire il suo corpo, doveva presumere che fosse di proporzioni massicce. Non si trattava dell'esplosione di un solo edificio o di un isolato, ma di qualcosa di ancora più grande.

C'era però una cosa che sapeva non faceva parte della premonizione: il comando, che segnalava sempre la fine della visione. *Stargate disattivato.*

L'aveva ricevuto tre anni fa. L'aveva avuto da suo padre e mentore, Henry Sheppard. E Scott aveva capito subito cosa significasse: il programma era stato compromesso. Il protocollo per un evento del genere gli era stato insegnato fin da quando Sheppard aveva avviato il programma Nome in Codice Stargate.

«Se senti questo comando, lascia tutto dietro di te, figliolo, mi hai capito?» Sheppard lo aveva esortato. «Devi pensare di essere da solo. Ti daranno la caccia per quello che sei, per quello che sei capace di fare. Ma devi vivere. Lo capisci?»

Scott aveva annuito, con riluttanza. «E tu? Non daranno la caccia anche a te? Hai le mie stesse capacità».

Sheppard gli aveva stretto la mano. «Quando riceverai quel comando, la mia vita sarà già persa. Non cercarmi. Pensa che io sia morto, perché molto probabilmente lo sarò».

Scott si scrollò di dosso i ricordi dolorosi, quando sentì un rumore accanto a lui. Non era solo. Proprio in questo momento si ricordò che Phoebe era ancora nel suo letto, e dormiva profondamente.

In silenzio, non volendo svegliarla, tirò indietro la sottile coperta e buttò le gambe fuori dal letto. Prese i pantaloncini e li indossò, poi si diresse verso il soggiorno, chiudendo la porta della camera da letto alle sue spalle, senza fare rumore.

Ancora scosso dalla premonizione, si avvicinò al frigorifero e si versò un bicchiere d'acqua. Lo tranguigiò e sentì il liquido rinfrescante raffreddare il suo corpo dall'interno.

Sapeva che non sarebbe più riuscito a dormire. La sua mente correva di nuovo, rivivendo ogni momento della sua visione, nella speranza di ricordare qualcosa che lo aiutasse a decifrare il segreto che si nascondeva nella sua premonizione. Così avrebbe potuto evitare il disastro. Perché era questo il motivo per cui suo padre aveva avviato il programma top-secret all'interno della CIA. Per prevedere e prevenire eventi disastrosi. Finché qualcuno non aveva deciso che avere agenti in grado di vedere il futuro era un peso e un pericolo in sé. Fino a quando quella persona non aveva ucciso Sheppard e quindi costretto i membri del programma Stargate a nascondersi.

Scott non aveva idea di quanti ce l'avessero fatta, di quanti fossero ancora vivi. Il programma era stato gestito con una tale segretezza che nemmeno Scott sapeva quali degli agenti che aveva conosciuto durante il suo addestramento alla Fattoria fossero stati selezionati per il programma Stargate o quali sarebbero entrati nel normale lavoro sul campo della CIA. Tuttavia, aveva sempre percepito che ci fossero altri come lui e suo padre, altri con le stesse capacità.

«È meglio se non sai chi sono gli altri. È più sicuro per tutti voi», aveva detto Sheppard quando Scott gli aveva chiesto maggiori informazioni. Tuttavia, a Scott era stato dato un elenco dei loro nomi in codice - Fox, Rodeo, Zulu e simili - per aiutarlo a identificare i suoi colleghi agenti Stargate in un momento di crisi, anche se non era in grado di associare nomi veri o volti ai nomi in codice. Dopo aver memorizzato la lista, Scott l'aveva distrutta e aveva seguito l'avvertimento di suo padre. «Non rivelare mai il tuo nome in codice, a meno che non ti trovi in una situazione di vita o di morte».

In salotto, Scott prese il telecomando e accese la TV, abbassando il volume per non svegliare Phoebe. Erano appena passate le cinque e nessuno dei due aveva dormito molto. Scott aveva trovato Phoebe più che allettante e aveva fatto l'amore con lei una terza volta, svegliandola poco dopo le due, dopo che si era addormentata per un po'. Per fortuna, la ragazza non si era affatto arrabbiata per il fatto che Scott l'aveva privata del sonno e si era dimostrata più che ben disposta, quando lui si era spinto dentro di lei mentre la abbracciava da dietro. Anzi, quella terza volta sembrò godere ancora di più, confessando che le piaceva molto essere svegliata in quel modo.

Scott sorrise tra sé e sé. Avrebbe dovuto ricordarsene, per il futuro. All'improvviso si fermò, scuotendo la testa. Questi pensieri erano inutili. Non poteva continuare, con Phoebe. Una relazione era fuori discussione. Era ancora in fuga, si stava ancora nascondendo dai suoi nemici e nella sua vita non c'era posto per una donna. Non sarebbe stato giusto nei suoi confronti. Inoltre, per quanto ne sapeva, il motivo per cui era stata con lui poteva essere solo per ottenere la sua storia. Non aveva motivo di credere di piacerle davvero, anche se doveva ammettere che sessualmente erano compatibili al cento per cento.

Scott lanciò un'occhiata alla TV, poiché le ultime parole dell'annunciatore avevano attirato la sua attenzione. La foto di un uomo bianco di mezza età era visualizzata nell'angolo in alto a sinistra dello schermo, mentre l'annunciatore parlava.

«In seguito alla segnalazione di un parente, Martin Lee Warren, l'autista di autobus che ieri pomeriggio ha abbandonato uno scuolabus su un passaggio a livello a Brookfield, nella contea di Cook, è stato arrestato dalla polizia di Chicago alle prime ore dell'alba. L'uomo non ha opposto resistenza all'arresto, ma fonti della polizia ci hanno riferito che stava facendo propaganda antiamericana. Fonti vicine alle indagini confermano che il signor Warren ha una storia di disturbi mentali».

Scott sbuffò. «Schizzato!» In questi giorni la malattia mentale sembrava essere una scusa generica per commettere qualsiasi crimine.

Stava per cambiare canale, quando la foto dell'autista dell'autobus fu sostituita da un'altra foto, questa non in posa come quella dell'autista, ma scattata al volo.

Soppresse un'imprecazione. Anche se la foto mostrava solo una parte del viso di Scott, era decisamente riconoscibile.

«Un uomo è emerso come l'eroe di questa tragedia, che avrebbe potuto causare fino a ventisette morti, ventisei dei quali erano scolari di undici anni», continuò il presentatore. «Uno dei bambini salvati ha scattato questa foto del soccorritore, che è sembrato essere sbucato dal nulla. Secondo Debbie Finch della WYAT News, la prima squadra di giornalisti sul posto, quest'uomo ha lasciato la scena dell'incidente prima che la polizia potesse interrogarlo. Pur non essendo sospettato di alcun coinvolgimento nel crimine, è una persona di interesse che potrebbe essere in grado di fare luce sugli eventi di ieri. Chiunque abbia informazioni su quest'uomo...»

Scott spense la TV. Aveva sentito abbastanza. Anche se aveva avuto ragione sul fatto che i giornalisti non lo avessero ripreso con la loro telecamera, uno dei ragazzi lo aveva fatto e aveva prontamente inviato la foto alla stampa.

Questo cambiava tutto. Una volta che i suoi nemici - le persone che avevano ucciso suo padre e distrutto il programma Stargate - avessero visto questa foto, lo avrebbero trovato. Diavolo, Phoebe lo aveva trovato e lei aveva a disposizione molte meno risorse delle persone che lo stavano cercando. Avrebbero impiegato solo poche ore per rintracciarlo. E ucciderlo.

Doveva andarsene subito, se voleva vivere.

PREMETTE IL PULSANTE DI PAUSA, congelando l'immagine sullo schermo della TV. L'uomo il cui volto lo stava fissando dallo schermo era l'eroe che aveva salvato i ventisei bambini e l'insegnante.

C'era qualcosa che non gli piaceva, in questo scenario. Quante volte capitava che un eroe emergesse all'ultimo momento per salvare la situazione? Grugnì tra sé e sé e si asciugò il viso con una salvietta, poi la gettò di nuovo sul corrimano del tapis roulant e fermò la macchina.

Percepì che l'uomo il cui volto era fisso sulla TV fosse a conoscenza dell'imminente disastro. Dai servizi che aveva visto prima, dalle interviste ai bambini che quest'uomo aveva salvato, aveva avuto l'impressione che l'uomo che era arrivato in moto avesse agito in modo molto deliberato, sapendo esattamente cosa fare.

E ora che vedeva la foto, sapeva con certezza che la sua intuizione era corretta. L'uomo aveva un aspetto familiare e ora capì dove l'aveva già visto.

Scese dal tapis roulant e salì per le scale fino al suo ufficio. Il suo computer era già acceso. Si collegò, navigò fino al file e lo aprì. Non dovette scorrere a lungo, per trovare quello che stava cercando.

L'uomo nella foto era un po' più giovane, ma era chiaramente lo stesso della TV. Sotto l'immagine, erano visualizzate le sue informazioni.

Nome: Scott Thompson

Nome in codice: Ace

Note: Il primo a entrare nel programma Stargate. Figlio adottivo di Henry Sheppard, direttore e fondatore del programma Stargate.

Abilità speciali: Premonizioni/ESP – Percezione extrasensoriale

Stato: Programma terminato

Posizione attuale: Sconosciuto

Non più. Sorrise e vide il proprio volto riflesso nel monitor.

«Ti ho beccato».

11

La musica le arrivò alle orecchie. Phoebe si agitò, tutto il corpo le doleva piacevolmente per le attività della notte precedente. Scott era stato più di quanto si aspettasse. Sentì emergere un piccolo senso di colpa, perché aveva pensato di usare la sua astuzia femminile per farsi raccontare la sua storia. Ma nel momento in cui lui l'aveva baciata, aveva dimenticato la storia e il motivo per cui lo aveva cercato. Improvvisamente, niente aveva più importanza, se non il piacere che potevano darsi l'un l'altra. Alla fine, non era andata a letto con lui per ottenere la sua storia, ma perché si sentiva attratta da lui come una falena dalla luce.

Non aveva mai incontrato un uomo con un sex appeal così magnetico e, nonostante non sapesse nulla di lui, se non che molto probabilmente si stava nascondendo da qualcosa o qualcuno, aveva gettato la prudenza al vento e si era lasciata andare tra le sue braccia. Per la ricompensa che aveva ricevuto ne era valsa la pena, molte volte.

Sospirò soddisfatta e si rigirò su sé stessa, con la mano già protesa verso di lui. Con un sussulto si alzò a sedere. Scott non era più a letto.

Ascoltò tutti i rumori dell'appartamento, ma non sentì nulla a parte la radio sul comodino. Incuriosita, si alzò dal letto e prese una maglietta appoggiata su una sedia. Era abbastanza lunga da coprirla fino a metà coscia e profumava di Scott.

A piedi nudi, entrò nel soggiorno. «Scott?»

Ma non ci fu risposta. Solo silenzio. Non era nel soggiorno, o nella cucina a vista annessa. La porta del bagno era aperta e anch'esso era vuoto.

Era andato a comprare la colazione e l'avrebbe portata a casa? Andò in cucina e aprì il frigorifero. C'erano del latte e un contenitore di caffè macinato. A parte questo, era vuoto. Anche negli armadietti non c'era molto altro: qualche cracker e della marmellata. Niente di fresco. Aveva visto più cibo in un Airbnb che nella cucina di Scott. Quasi come se lui non vivesse davvero qui.

Phoebe tornò in salotto e si guardò intorno. La sera prima non aveva avuto modo di dare un'occhiata, ma ora lo notò subito: l'ambiente era a malapena arredato. Non c'erano effetti personali, foto alle pareti, o libri sulle librerie a muro. Solo una pila di giornali e volantini del supermercato locale.

I mobili erano di seconda mano e non si abbinavano: un divano, due poltrone, un tavolino. Notò un foglio bianco sul tavolo. Quando si avvicinò, si rese conto che qualcuno ci aveva scritto sopra alcune righe.

Mi dispiace. Non capiresti. Per favore, non cercarmi.

Non era firmato.

Non serviva essere un detective per capire chi avesse scritto il biglietto e che era destinato a lei. Scott l'aveva appena abbandonata, era fuggito dal suo appartamento e l'aveva scaricata.

«Bastardo!» Imprecò.

Non capiresti. Certo, come no! Una tipica scusa maschile. Come aveva osato trattarla così? Perché le aveva chiesto di restare per la notte, allora? Solo per poterla scopare altre due volte, finché non si fosse saziato? Dannazione, l'aveva persino svegliata nel cuore della notte, con il suo cazzo che già si infilava dentro di lei, e lei non aveva protestato. No, lo aveva trovato eccitante. Che scopata facile che era stata! Stupida!

Corse di nuovo in camera da letto e sbirciò fuori dalla finestra. La moto non c'era più. Se lo sarebbe dovuto immaginare. Una ricerca più approfondita nel suo appartamento rivelò che non aveva lasciato nulla per cui valesse la pena tornare. Non riuscì a trovare nemmeno un pezzo di posta con il suo nome. Invece aveva trovato un distruggidocumenti e un sacchetto con della carta tagliata. Dato che non l'aveva sentito usare il distruggidocumenti durante la notte, dovette supporre che avesse l'abitudine di distruggere ogni lettera non appena l'avesse letta. Chi faceva così? Un'azione del genere le sembrò del tutto paranoica. E questo la rese più che curiosa. La rese sospettosa. Cosa aveva da nascondere, Scott? Nemmeno un tizio che cerca di evitare di pagare gli alimenti per i figli farebbe una cosa del genere. No, Scott doveva essere coinvolto in qualcosa di più nefasto. E lei avrebbe scoperto di cosa si trattasse.

La giornalista che era in lei non poteva semplicemente andarsene. Ma fu l'amante respinta che era in lei a prendere la decisione finale: doveva sapere perché lui se ne era andato dopo l'incredibile notte che avevano trascorso l'uno nelle braccia dell'altra.

Phoebe prese il telefono e compose un numero. La chiamata ebbe risposta al secondo squillo.

«Ehi, bambola! Che c'è?» Andrew, il suo uomo di fiducia per l'elettronica, la salutò allegramente.

«Oh, grazie a Dio sei già in piedi».

«Di già? Bambola, non sono ancora andato a letto. Allora, cosa bolle in pentola?»

«Ricordi il chip di localizzazione che mi hai dato qualche mese fa, quando stavo cercando di fare lo scoop su quel politico?».

«Certo, cos'ha che non va?»

«Niente, spero. Funziona ancora?»

«Cosa vuoi dire?»

«Voglio dire, l'ho messo sulla moto di qualcuno, ieri. E devo scoprire dove è diretta quella moto».

«Certo, funzionerà. Fammi accedere». Ci fu una breve pausa. «Ok, preso, ma si sta ancora muovendo, in direzione sud-ovest sulla Highway 6».

«Puoi in qualche modo tenermi aggiornata su dove sta andando?»

«Sì, ma mi ci vorranno circa quindici minuti. Dovrò impostare un aggiornamento in diretta per te. Vuoi che te lo invii sul cellulare?»

«Puoi farlo?»

«Posso fare tutto, bambola», disse con sicurezza.

«Sei il migliore! Quindici minuti?»

«Più o meno. Ti invierò un link a un'applicazione che dovrai installare e, non appena avrò finito di programmarla, emetterà un segnale e riceverai aggiornamenti in diretta ogni trenta secondi. È quasi come una trasmissione in diretta».

«Grazie, Andrew! Ti devo un favore».

«Secondo i miei calcoli, finora sono più di uno. Ma chi tiene il conto?»

Phoebe ridacchiò. «Lo fai tu, ne sono sicura. Ci sentiamo presto». Disconnesse la chiamata e andò in bagno. Aveva giusto il tempo di farsi una doccia e vestirsi, prima di uscire e seguire Scott.

Non sarebbe stata una giornalista, se non avesse cercato di andare a fondo della questione. C'era qualcosa che puzzava da morire e lei avrebbe scoperto di cosa si trattasse. E non solo perché aveva bisogno di una buona storia per evitare che Eriksson la licenziasse. Ora era una questione personale. Nessuno aveva abbandonato Phoebe Chadwick senza tanti complimenti come aveva fatto Scott e l'aveva fatta franca.

Una vocina nella sua testa si fece sentire. *Non lo faresti se lui fosse brutto e incapace a letto. Ammettilo: hai una cotta per lui e vuoi di più.*

«Ridicolo!»

12

Scott aveva guidato per oltre cinque ore senza quasi mai fare una sosta, tranne che per fare il pieno una volta in una piccola stazione di servizio che non sembrava avere telecamere di sicurezza montate. Per essere sicuro, aveva fermato la moto a un'angolazione dalla quale il benzinaio non avrebbe potuto leggere la targa. Aveva pagato in contanti. Non pagava mai con la carta di credito. In effetti, aveva abbandonato tutte le carte della sua vita precedente e, quando c'era bisogno di una carta di credito, acquistava una carta prepagata in un supermercato e pagava in contanti. Il contante era il re, per un uomo in fuga.

Era rimasto lontano dalle grandi autostrade, preferendo le autostrade minori e le strade di campagna, con meno traffico e meno possibilità di imbattersi nella polizia stradale. Sebbene avesse cambiato la targa della sua moto al ritorno dallo scontro con il treno, non aveva ancora avuto modo di riverniciarla. Avrebbe dovuto pensarci e passare la notte all'officina di Al, entrando con la sua chiave di riserva, invece che scoparsi Phoebe, come se potesse permettersi il lusso di una tale distrazione. Ora stava pagando per essersi concesso il piacere di passare la notte tra le braccia di Phoebe.

Non poteva cambiare le cose, ora. E una parte di lui non voleva cambiare nulla della notte precedente. Ricordò le parole di uno dei suoi istruttori alla Fattoria, dove aveva trascorso innumerevoli mesi di addestramento per la CIA.

«Riconosci i tuoi errori e vai avanti. Rimuginarci sopra porterà solo ad altri errori», aveva detto più di una volta. «Invece, esamina quello che hai fatto e vedi se c'è qualche vantaggio che puoi trarne».

Scott sorrise involontariamente. Il vantaggio di aver passato la notte con Phoebe era che si sentiva soddisfatto per la prima volta da tre anni a questa parte. Sazio, soddisfatto, completo. Pur sapendo che questa sensazione sarebbe svanita presto, apprezzò l'energia che ne aveva ricavato. Come se avesse fatto il pieno di energia proprio come aveva riempito il serbatoio della sua Ducati.

Sapeva che non avrebbe mai più rivisto Phoebe, ma sapeva anche che era meglio così. Non poteva trascinarla in questa storia. Il pericolo lo seguiva ovunque andasse e, mentre lui era addestrato per questo, Phoebe non lo era.

Forse in un'altra vita avrebbero potuto avere più di una sola notte, ma lui aveva solo questa vita da vivere e non avrebbe fatto nulla per mettere in pericolo lei o sé stesso. Aveva promesso a suo padre di continuare ciò che lui aveva iniziato. Forse non sotto la protezione del governo americano, ma dovevano esserci altri modi per compiere il suo destino e usare il suo dono per proteggere coloro che avevano bisogno di lui.

Sentendo la stanchezza insinuarsi nelle ossa, iniziò a scrutare i quartieri che attraversava. Doveva trovare un riparo per il resto della giornata. Aveva bisogno di dormire, mangiare e farsi una doccia e avrebbe continuato il suo viaggio verso sud intorno a mezzanotte, quando le strade sarebbero state deserte.

Scott rallentò, rimanendo solo leggermente al di sotto del limite di velocità. Se fosse andato più lentamente avrebbe attirato l'attenzione. Andare troppo piano suscitava l'interesse delle persone tanto quanto andare troppo veloce. Il suo istruttore di sorveglianza glielo aveva insegnato.

«Sii sempre ordinario», gli aveva consigliato. «Ordinario significa invisibile. È questo che vuoi essere: un fantasma a cui la gente passa accanto senza vederlo. Non fare nulla che possa far sì che si ricordino di te».

Beh, con Phoebe aveva fallito clamorosamente, in questo, questo era poco, ma sicuro. Quando Scott pensò a lei, sperò che il suo biglietto l'avesse fatta arrabbiare abbastanza da farle lasciare il suo appartamento in fretta e furia, prima che i suoi nemici scoprissero il suo indirizzo. Non pensava che lei fosse in grado di dire qualcosa che avrebbe portato i suoi nemici a lui, ma non voleva che fosse coinvolta in qualcosa che potesse metterla in pericolo. Perché una volta che avessero scoperto che era una giornalista, non era prevedibile cosa avrebbero potuto fare. Ecco perché aveva scritto il biglietto in quel modo.

Non capiresti è una bandiera rossa per qualsiasi donna. Sventolare questa frase davanti a una donna voleva dire farla diventare una furia che se ne sarebbe andata sbattendo la porta dietro di sé, *dopo* aver messo a soqquadro casa sua. Considerando che non c'era molto da rovinare, Scott stimò che le ci avrebbe messo meno di venti minuti per lasciare il suo appartamento, dopo che si era assicurato che fosse sveglia, impostando la radio sveglia sul suo comodino per mezz'ora dopo che lui era uscito.

Fuori da un minimarket si fermò e prese una rivista immobiliare gratuita da un espositore sul lato della strada. Ogni piccola città aveva una cosa simile. Alcune erano più spessi, altre più sottili, ma tutte contenevano le stesse cose: case in vendita e in affitto.

Scott infilò il giornale nella giacca di pelle e proseguì. A un chilometro dalla città, uscì dalla strada e parcheggiò dietro un gruppo di alberi. Scese dalla moto e si stiracchiò. Era abituato a passare molte ore in moto e la Multistrada era una moto comoda per i viaggi lunghi, ma si sentiva comunque irrigidito. Presto avrebbe potuto sdraiarsi e riposare per qualche ora.

Scott estrasse il foglio dalla giacca e iniziò a scrutarlo. Trovò subito quello che stava cercando.

Pignoramenti, diceva a metà pagina.

Gli annunci erano per lo più gli stessi: *casa con tre camere da letto e due bagni in un buon quartiere, ampio giardino*. Tutto bene, ma lui cercava qualcosa in particolare.

Libera, lesse infine. Perfetto. Inoltre, gli agenti immobiliari pubblicizzavano anche l'ubicazione delle case. Alcune riportavano anche il numero civico e la via. Era tutto ciò di cui aveva bisogno. Diversi annunci corrispondevano ai suoi criteri. Poi trovò un'altra informazione fondamentale.

Un annuncio recitava: «*Le visite si tengono solo il mercoledì e il sabato*».

Era fortunato. Oggi era martedì. Nessuno si sarebbe presentato in questa casa fino al giorno successivo. A quel punto, lui sarebbe già andato via.

Inserì l'indirizzo nel telefono e ci andò. Non era lontano. Quando vide la casa, ci passò davanti. Doveva controllare il quartiere, per vedere se c'era qualcosa di cui doveva essere a conoscenza. Con suo grande sollievo, la casa non si trovava in un quartiere in cui potevi praticamente sentire i tuoi vicini tirare lo sciacquone. La casa si trovava su un grande appezzamento di terreno, con alberi maturi sul davanti e sul retro, erba e cespugli incolti sul davanti.

Scott girò a destra quando vide un sentiero che conduceva a una strada dietro la casa. Lo imboccò e si guardò intorno. Non c'era recinzione, sul retro della casa, il che gli permise di avvicinarsi senza che nessuno dalla strada lo vedesse. Il capanno nel cortile era in rovina, come l'intera casa, ma sarebbe stato perfetto, per nascondere la sua moto. Spense il motore e scese.

I suoi occhi e le sue orecchie rimasero vigili, mentre spingeva la moto fuori dalla vista e prendeva ciò che gli serviva dalle borse laterali. Poi chiuse la porta del capanno e si diresse verso l'ingresso posteriore della casa. Si trattava di una casa in stile ranch, su un unico livello e con il tetto spiovente.

Scott guardò attraverso la finestra accanto alla porta. Come aveva sospettato, questa era la cucina. E, come in molte altre case, le porte sul retro erano facili da aprire per qualsiasi intruso. Con uno dei suoi fidati strumenti, la serratura si aprì in trenta secondi.

Entrò e ascoltò. Nessun suono.

Sul bancone della cucina, l'agente immobiliare aveva lasciato dei volantini sulla proprietà e i suoi biglietti da visita. Li guardò. L'immobiliarista era una donna. Il sorriso di plastica dell'agente gli sorrideva dai suoi biglietti da visita.

Scott provò l'interruttore della luce. Funzionava. L'elettricità non era stata staccata. Si avvicinò al lavandino e aprì il rubinetto. L'acqua sgorgava pulita. Bene. Era tutto ciò di cui aveva bisogno.

Mentre ispezionava la proprietà, fu lieto di vedere che diversi mobili erano stati lasciati dai precedenti proprietari, compreso un letto singolo in una delle stanze. Almeno questo significava che non avrebbe dovuto dormire sul pavimento. Aprì tutti gli armadi e in uno di essi trovò alcune federe e lenzuola spaiate. Sarebbero stati sufficienti come asciugamani di fortuna per asciugarsi dopo la doccia, che avrebbe fatto subito dopo aver mangiato qualcosa.

Appoggiò il suo sacco di cibo d'emergenza sul bancone della cucina e spacchettò quello che aveva portato.

13

Scott si svegliò di soprassalto. Intorno a lui era buio pesto e per una frazione di secondo non capì dove si trovava. Ma poi gli tornò tutto in mente. Stava dormendo su un letto in una casa pignorata alla periferia di St. Louis, nel Missouri.

E nonostante tutti i suoi sforzi, lo avevano trovato.

Erano bravi, Scott dovette ammetterlo. Ma non avrebbero avuto successo. Non sarebbe caduto così facilmente.

L'intruso era troppo rumoroso. Pur sforzandosi di essere silenzioso, aveva commesso l'errore di tenere le scarpe. Se Scott avesse dovuto avvicinarsi di soppiatto a un obiettivo, si sarebbe tolto le scarpe e si sarebbe avvicinato in silenzio. Il suo bersaglio non si sarebbe nemmeno svegliato e non si sarebbe reso conto di ciò che stava per accadere. Invece questo aspirante assassino si stava comportando come un elefante in un negozio di porcellane.

Scott si alzò in silenzio. Era vestito di tutto punto, tranne gli stivali e la giacca di pelle, che giacevano sul pavimento accanto al letto. La sua Glock era chiusa in una delle valigie della sua Ducati, ma il suo coltello era proprio dove lo voleva, nella sua mano. In un posto come questo, preferiva difendersi con un coltello, invece di sparare con una pistola che avrebbe potuto avvisare i vicini ficcanaso della sua posizione. Un coltello era silenzioso e altrettanto letale, se sapevi come usarlo.

Scott aveva lasciato aperta la porta che conduceva al corridoio, cosa che ora lo avvantaggiava. L'intruso non lo avrebbe sentito arrivare. A piedi nudi, si infilò nel corridoio, con gli occhi già abituati all'oscurità che lo circondava. Respirò silenziosamente, facendo dei respiri poco profondi, evitando qualsiasi cosa che potesse allertare l'intruso del fatto che Scott gli stava già addosso.

I suoni provenivano dal retro. Qualcuno stava uscendo dalla cucina ed entrando nel corridoio. Scott si precipitò nella stanza successiva, la più grande delle camere da letto, e si schiacciò contro la parete accanto alla porta aperta.

I passi si fecero più forti. Ancora pochi secondi e l'intruso avrebbe raggiunto la porta. Scott contò silenziosamente, trattenendo il respiro per tutto il tempo.

Un altro rumore e Scott si lanciò, uscendo dal suo nascondiglio e saltando addosso all'intruso, sbattendolo contro il muro, con il coltello sguainato e pronto ad affondarlo.

Un sussulto acuto ruppe il silenzio.

Contemporaneamente Scott notò un'altra cosa: il corpo che aveva sbattuto contro il muro era più leggero e più piccolo di quanto si aspettasse. E anche più morbido. Avevano mandato un'assassina, a cercarlo?

«Cazzo!» Imprecò, anche se non avrebbe avuto importanza. Avrebbe ucciso una donna con la stessa facilità con la quale l'avrebbe fatto con un uomo.

«Scott?»

La mano che teneva il coltello si fermò a metà corsa. Per poco non gli cadde dalla presa, tanto era scosso dalla voce che aveva sentito. «Phoebe?»

Lei emise un respiro di sollievo che fece eco al suo. Ma il suo sollievo non durò a lungo.

«Che cazzo ci fai qui?» La tirò in cucina, dove la luce della luna traspariva dalle grandi finestre e gli permise di vederla bene senza accendere la luce.

«Ti stavo seguendo. E perché diavolo mi stavi attaccando?» Lei lo fissò e strappò il braccio dalla sua presa.

Scott strinse la mascella. «Perché non si entra in una casa e non ci si avvicina di soppiatto a qualcuno nel cuore della notte».

«Non sembra che questa sia la tua casa. C'è un cartello 'Vendesi' qui davanti. Quindi non farmi la predica sull'effrazione!» Phoebe appoggiò le mani sui fianchi in segno di sfida.

In questo momento, Scott aveva voglia di darle una sonora sculacciata. L'aveva quasi uccisa e di conseguenza le sue mani stavano ancora tremando. «Non è questo il punto! Come cazzo hai fatto a trovarmi?».

«Ho i miei metodi».

Fece un passo verso di lei, ringhiando. Dovette dargliene atto, non indietreggiò. «Come?» Se avesse inavvertitamente lasciato una traccia, avrebbe dovuto saperlo. Ora. Prima che i suoi nemici la seguissero e lo raggiungessero.

«Te lo dirò, se mi dirai perché te ne sei andato».

«Non farò questo gioco».

Phoebe strinse gli occhi. «Beh, che ti piaccia o no, ora dovrai farlo. E ho un sacco di domande per cui vorrei delle risposte».

«Assolutamente no. Ti ho già detto che non risponderò a nessuna delle tue domande, a prescindere da quanto sia stato bello il sesso». E il sesso era stato fantastico.

«Già, e visto che siamo in argomento... come hai osato lasciarmi quel biglietto insultante? *Non capiresti?* Stronzo!»

Lei lo guardò e, nonostante la luce fioca della cucina, Scott capì che era ferita. Si passò una mano tra i capelli. C'era un motivo per cui non si era mai messo con nessuno. Portava solo a complicazioni. «Merda, Phoebe! Perché non potevi semplicemente distruggere casa mia e sfogare la tua rabbia su di me in quel modo? Perché sei venuta a cercarmi?»

Un'espressione perplessa si diffuse sul suo volto. «Mi hai fatto arrabbiare di proposito? Perché?»

«Non ha importanza, ora».

«Per me sì», disse lei.

«Volevo che te ne andassi da casa mia, ok?» Voleva che se ne andasse, in modo che i suoi nemici non potessero farle del male.

«Di tutti i bastardi con cui sono uscita, tu sei davvero il numero uno!». Le sue labbra ora tremavano.

«Mi dispiace, Phoebe, ma non ti ho mai fatto alcuna promessa».

«No, non l'hai fatto. Ho sbagliato io ad aspettarmi che l'eroe che ha salvato ventisette vite non si comportasse come uno stronzo!»

«Dannazione, Phoebe!» Le afferrò le braccia e trascinò il suo corpo contro il suo. «Non sono uno stronzo. Stavo cercando di proteggerti».

Lei sbuffò. «Proteggermi?»

«Dalle persone che mi stanno cercando. Dovevo assicurarmi che lasciassi casa mia prima che arrivassero».

Phoebe scosse la testa. «Te lo stai inventando solo per tranquillizzarmi. Non sono così ingenua».

Scott si lasciò sfuggire una risata amara. «Se avessi voluto tranquillizzarti, avrei usato un'altra tattica».

«Oh, sì, e che tipo di tattica?», sbottò lei.

«Questa».

Le prese la nuca e affondò le labbra sulle sue. Dopo una frazione di secondo di stordimento, lei si divincolò, martellando di pugni il suo petto, ma le sue labbra si aprirono alla lingua di lui che penetrò nella sua bocca, assaggiandola. Immediatamente tutto il suo corpo si infiammò di nuovo, proprio come la sera prima, quando avevano fatto l'amore. Le cinse la vita e la strattonò a sé, strusciando il suo inguine contro di lei.

Merda, sapeva che era sbagliato. Sbagliato per tanti motivi. Phoebe era arrabbiata, e a ragione. Se n'era andato senza dire una parola e ora stava usando la loro attrazione reciproca per placarla, anche se sapeva che non ci sarebbe mai potuto essere nulla, tra loro.

Proprio quando lui voleva interrompere il bacio, le mani di lei si arricciarono nella sua camicia e si aggrappò a lui. Inclinò la testa e la sua lingua accarezzò quella di lui. Per qualche secondo lui si godette il contatto e rispose alla carezza, mentre la sua mano scivolò giù verso il suo sedere per spingerla contro il suo cazzo che si stava indurendo.

Poi staccò la bocca dalla sua, respirando affannosamente. «Dannazione, Phoebe, non dovremmo farlo. Non dovresti nemmeno essere qui».

Con le labbra aperte e umide, lei sollevò gli occhi per guardarlo. La vulnerabilità che aveva visto in precedenza era di nuovo lì.

«Non dovresti stare vicino a me. È troppo pericoloso. Non voglio che tu ti faccia male». Scott le passò il pollice sulla guancia e sulle labbra, tracciandole. «Devi tornare indietro e dimenticare di avermi conosciuto».

«Non posso farlo», mormorò Phoebe, evitando il suo sguardo.

Le prese il mento tra il pollice e l'indice. «Devi farlo. Ti prego. Ma prima devi dirmi come mi hai trovato. Le nostre vite potrebbero dipendere da questa informazione».

Lei gli rivolse uno sguardo dubbioso.

Scott avvicinò le labbra alle sue e le sfiorò con una leggera carezza. «Ti prego, Phoebe. Ho bisogno di sapere. Se mi hai trovato *tu*, significa che non ho coperto le mie tracce. E questo significa che anche i miei nemici mi troveranno. Vuoi davvero che mi uccidano?»

Una scossa attraversò il suo corpo flessuoso e lei sgranò gli occhi nello stesso momento. «Ucciderti?»

Lui annuì solennemente. «Se la scorsa notte ha significato qualcosa per te, ti prego di dirmi come hai fatto a trovarmi qui». E dal modo in cui Phoebe aveva ricambiato il bacio pochi istanti prima, immaginò che avesse significato qualcosa anche per lei. Nessuna donna avrebbe viaggiato per quasi cinquecento chilometri per inseguire un tizio di cui non le importava nulla.

«Ho messo un localizzatore GPS sulla tua moto, prima di bussare alla tua porta, ieri».

«Merda!»

Scrollò le spalle, scusandosi. «Mi dispiace, ma ho pensato che se te ne fossi andato prima di rispondere alle mie domande, avrei avuto modo di ritrovarti. È stato già abbastanza difficile la prima volta».

Scott la lasciò andare, ora era in modalità lavoro. «Stai usando un cellulare per ottenere i dati dal localizzatore?»

Lei annuì.

«Cazzo! Probabilmente sono già sulle mie tracce».

«Non preoccuparti, sono l'unica ad avere accesso alle informazioni. Il mio informatico ha configurato il sito solo per me».

Scott scosse la testa. «Qualsiasi cosa inviata su una linea non protetta può essere captata. Dobbiamo sbarazzarci del tracker e del tuo cellulare, adesso. Dammelo».

«No!» Protestò lei.

«Phoebe, non capisci con chi hai a che fare. Le persone che mi stanno cercando non fanno giochetti. A questo punto avranno già identificato chi sei. Una volta vista la mia foto al telegiornale, avranno capito con chi sono in contatto. Ti staranno già cercando, nella speranza che tu li conduca da me».

«Chi sono?»

«Non lo so».

«Ma...»

«Non abbiamo tempo per le spiegazioni. Dammi il tuo cellulare».

Alla fine, Phoebe frugò nella sua borsetta, che aveva a tracolla sul busto, e gli passò il telefono.

«Dove hai messo il localizzatore?»

«Ruota posteriore, sotto il parafango».

Lui annuì e si girò verso la porta che dava sul cortile.

«Cosa hai intenzione di fare?»

«Coprire le mie tracce».

«E poi?»

«Allora io e te faremo una chiacchierata».

14

Non ci volle molto perché Scott togliesse il localizzatore GPS dalla moto, corresse alla vicina stazione di servizio e lo piazzasse su un camion. Aveva avviato una rapida conversazione con l'autista, chiedendogli dove fosse diretto, e aveva deciso che il camion sarebbe stato un buon diversivo, nel caso in cui qualcuno avesse captato il segnale che stava emettendo. Invece di distruggere il cellulare di Phoebe, lo fece scivolare sotto il sedile del guidatore di un'auto il cui conducente era appena entrato nel minimarket annesso alla stazione di servizio, aperto 24 ore su 24, dopo aver fatto il pieno.

Scott saltò di nuovo in sella alla sua moto e tornò alla casa, dove aveva detto a Phoebe di aspettarlo, cosa che lei aveva fatto con riluttanza, probabilmente sospettando che lui l'avrebbe abbandonata di nuovo. Era quello che intendeva fare, anche se questa volta l'avrebbe salutata davvero, invece di sparire senza dire una parola.

Ma a volte nemmeno lui poteva pianificare tutto. Il destino aveva il suo modo di intervenire.

Nel momento in cui Scott accostò nuovamente nel cortile e spense il motore, la sua vista si offuscò.

«Merda, non ora!» Imprecò, ma non ci poteva fare nulla.

Non era mai riuscito a fermare una premonizione. Suo padre gli aveva detto di non provarci. «È impossibile, Scott. Accettalo e basta. Fa parte di ciò che sei. Non c'è modo di combatterla».

Riuscì a scendere dalla moto, prima che la visione lo colpisse in pieno e lo costringesse a inginocchiarsi.

Non sapeva di chi fossero le mani che avvolgevano il collo aggraziato e lo stringevano. Ma conosceva la donna: Phoebe. Il suo volto divenne rosso, mentre lottava per prendere fiato e le sue unghie artigliavano le grandi mani che la stavano soffocando.

«Scott! Scott!»

Ma le sue labbra non si mossero, non avrebbero potuto produrre le parole che ora giungevano alle sue orecchie. Lottò per respingere la visione, ma le immagini continuarono ad arrivare e l'orrore lo agghiacciò fino alle ossa.

SCIOCCATA, Phoebe si precipitò da Scott. Aveva sentito la moto tornare e lo aveva osservato dalla finestra della cucina. Lo aveva visto inciampare e cadere in ginocchio. Era ferito? Chi lo cercava lo aveva raggiunto, mentre lui cercava di coprire le sue tracce, come aveva detto lui?

«Scott!»

Lo afferrò per le spalle e sebbene lui la guardasse, sembrava non vederla. I suoi occhi non erano concentrati, non sembravano riconoscerla.

Scrutò freneticamente il suo corpo, ma non vide sangue o ferite evidenti. «Cosa c'è che non va, Scott? Per favore, parlami».

Il suo corpo sussultò, facendo alcuni movimenti scoordinati. Stava avendo un attacco epilettico? Oddio, non aveva alcuna formazione medica, non aveva idea di cosa fare. Era impotente, in una situazione del genere. Tutto ciò che poteva fare era aggrapparsi alle sue spalle e assicurarsi che non cadesse e non sbattesse la testa contro qualcosa.

«Phoebe». All'improvviso, Scott la fissò negli occhi. «Phoebe».

Poi la tirò a sé con una violenza tale da farla quasi cadere. La abbracciò stretta a sé, seppellendo il viso nell'incavo del suo collo.

«Cosa è successo?» Chiese Phoebe, sollevata dal fatto che lui sembrava stare meglio.

Lentamente la lasciò andare. «Niente. Va tutto bene».

Ma la sua stessa voce lo smentiva. Non stava bene. Lei lo capì. «Stai male?»

«Sto bene». Lui si alzò in piedi e la tirò su con sé. «Non è niente».

«Ma avevi le convulsioni», protestò lei. «Hai bisogno di medicine?»

«No. Non preoccuparti. Non posso contagiarti».

Le sue preoccupazioni non erano andate in quella direzione. «Non sembravi stare bene».

«Fidati, va tutto bene». Lui le accarezzò la guancia e le diede un bacio sulle labbra. «Ora andiamo. Noi dobbiamo andarcene da qui».

«Noi?» Scott aveva davvero detto 'noi'? «Non mi rimanderai a Chicago?» Era sicura che lui avesse intenzione di fare proprio questo, quando le aveva detto che avrebbero parlato una volta tornato, dopo essersi sbarazzato del localizzatore GPS.

Scott scosse la testa. «Non credo che saresti al sicuro lì, adesso. Probabilmente sanno chi sei e potrebbero usarti per arrivare a me».

«Ma io non so nulla».

«Non importa. Cercheranno di farti del male nella speranza che io torni per aiutarti».

«Ma perché lo faresti?»

Le accarezzò teneramente la guancia. «Perché è per colpa mia che sei in pericolo». I loro occhi si incontrarono. «E perché mi piaci».

La sua confessione fu inaspettata, ma non per questo meno gradita. Ma non poteva lasciarsi influenzare da questo, ora. Lui era un adulatore e i suoi baci riuscivano ad ammorbidirla. Questo lo sapeva. Ma tutto il resto di lui era ancora oscuro. E se fosse stato un criminale incallito e lei stesse diventando sua complice, andando con lui? Non voleva essere la Bonnie di questo Clyde.

Deglutì a fatica. «Sei un ricercato?»

«Dalla polizia, vuoi dire?»

Phoebe annuì.

Scott sorrise. «Non mi preoccuperei, se la polizia mi stesse cercando. Ma temo che le persone che vogliono uccidermi siano più potenti di così. E più intraprendenti».

«La mafia?»

«Guardi troppa TV spazzatura. Andiamo». Le afferrò la mano per tirarla verso la casa.

«Non puoi dirmi con cosa ho a che fare, per favore?»

Si fermò e si voltò verso di lei. «Quanti anni hai, Phoebe?».

«Cosa c'entra, con tutto questo?».

«Quanti anni?»

«Ventinove, se proprio vuoi saperlo».

«Vuoi compierne trenta?»

Il suo respiro si fece affannoso. «Che razza di domanda è?»

La guardò con attenzione. «Se vuoi vivere, Phoebe, devi venire con me. Altrimenti non posso garantire la tua sicurezza. Ti prometto che se farai come dico io, sarai al sicuro».

La sincerità delle sue parole la colpì. Scott non stava scherzando, e non si stava vantando. Stava semplicemente affermando un fatto. E con sua grande sorpresa, credette a ogni singola parola che stava dicendo. Per la prima volta in vita sua, il suo cervello da reporter, che voleva una spiegazione per tutto, si fermò e accettò una dichiarazione senza chiedere prove.

I casi erano solo due, Scott stava dicendo la verità, oppure era il miglior bugiardo che il mondo avesse mai conosciuto e lei stava per fare il più grande errore della sua vita. Quello che poteva costarle la vita, se si fosse sbagliata su di lui.

«Ti fidi di me?»

Phoebe incontrò i suoi occhi. «Sì».

Scott le strinse la mano in modo rassicurante e lei lo seguì in casa per raccogliere le sue cose.

15

Scott aveva guidato la sua auto fino a un piccolo lago e Phoebe l'aveva vista affondare. In quel momento, l'irreversibilità delle sue decisioni l'aveva colpita come un treno merci. Ma non poteva più tornare indietro. Non aveva un cellulare, non aveva un'auto e aveva un aggressore sconosciuto alle calcagna. Se non fosse andata con Scott adesso, era impossibile sapere cosa le sarebbe successo.

Una volta sbrogliata la matassa, forse sarebbe riuscita a pubblicare la storia della sua avventura e quindi a salvare il suo lavoro. Se fosse tornata con qualcosa di successo, come un inseguimento in tutto il paese, Eriksson e Novak l'avrebbero forse perdonata per essere sparita senza dire una parola. Per il momento, avrebbe preso le cose come venivano e avrebbe sperato per il meglio.

«Pronta?»

Phoebe incontrò lo sguardo indagatore di Scott e salì sulla moto dietro di lui. Lui le passò il casco e lei lo indossò. Durante il tragitto verso il lago, si era fermato in un bar per motociclisti e aveva rubato un secondo casco da un'altra moto; ora si era infilato il casco rubato in testa.

«Tieniti forte», ordinò. «Muoviti con me quando faccio le curve, va bene?»

«Ok».

Lei gli cinse le braccia intorno alla vita. Lui mise la mano sul suo braccio e la strinse. Poi girò la chiave di accensione e premette il pulsante di avviamento, prima di sollevare il cavalletto e partire nella notte.

Non era mai salita su una moto, ma dovette ammettere che le piaceva la sensazione di libertà che suscitava in lei. Sebbene Scott guidasse velocemente, affrontava ogni curva con abilità e sicurezza e ben presto si ritrovò ad aggrapparsi a lui non con la stretta mortale che aveva usato all'inizio del viaggio, ma con una presa più rilassata. Anche lui sembrò accorgersene, perché di tanto in tanto staccava una mano dal manubrio e la stringeva brevemente, come se volesse ringraziarla per aver seguito le sue istruzioni.

Durante il lungo viaggio in moto, divenne anche più consapevole del corpo di Scott. Le sue gambe erano premute contro l'esterno coscia di lui e poteva sentire i suoi muscoli flettersi sotto i pantaloni. Non era sicura di quanto avessero viaggiato, ma all'orizzonte il sole stava per sorgere e solo in quel momento si rese conto di quanto fosse stanca. Non era mai stata una nottambula.

Quando Scott rallentò, dopo essere entrato nei confini della città di Memphis, lei si irrigidì automaticamente. Girò la testa a metà e aprì la visiera.

«Sto cercando di trovare un posto dove stare», annunciò lui.

«Un'altra casa in vendita?»

«No, credo di avere un'idea migliore». Indicò un furgone che passava davanti a loro.

Lesse la scritta sul retro. Il furgone era una navetta aeroportuale. «Vuoi andare in un aeroporto?»

Lui non rispose e chiuse di nuovo la visiera, mentre procedeva dietro al furgone. Quando il furgone svoltò in un vialetto e si fermò, Scott continuò a guidare. Si fermò all'incrocio successivo, svoltò a sinistra e fermò la moto, ma tenne il motore acceso e i piedi a terra.

«Cosa stiamo facendo?»

Le mise una mano sulla coscia. «Pazienta».

Lei seguì il suo sguardo mentre lui guardava a sinistra, verso il luogo da cui erano venuti. Ci vollero solo pochi minuti prima che la navetta dell'aeroporto lasciasse il vialetto, con diversi passeggeri seduti al suo interno.

«Perfetto», disse e girò la moto.

Quando il furgone scomparve in lontananza, ingranò la marcia e si diresse verso la casa da cui il furgone aveva prelevato i passeggeri.

Lei aprì la sua visiera. «Sei sicuro che la casa sia vuota?»

Lui girò la testa a metà strada. «Due adulti che se ne vanno con due adolescenti. C'è un'alta probabilità che sia libera».

Entrò nel vialetto, ancora al buio, anche se nel giro qualche minuto ci sarebbe stata abbastanza luce da permettere ai vicini di vedere la moto.

Scott indicò un alto cancello di legno accanto al garage. «Aprilo».

Phoebe saltò giù dalla moto e si avvicinò al cancello. Si avvicinò, trovò il chiavistello all'interno e lo sbloccò. Nel frattempo, Scott aveva spento il motore e stava spingendo la sua Ducati verso di lei. Lei si fece da parte e lo lasciò passare. Quando lui e la moto furono dentro, lei entrò dietro di lui e chiuse di nuovo il cancello.

Scott parcheggiò la moto vicino ai bidoni della spazzatura e le fece cenno di seguirlo.

Quando entrarono nel cortile, Phoebe notò l'alta recinzione in legno che circondava la proprietà e gli alti cespugli e gli alberi maturi che ne delimitavano il perimetro. Un vialetto correva lungo un lato dell'ampio terreno. Sul retro della casa c'era un patio in legno. C'erano un barbecue, un tavolo e delle sedie.

Scott camminava davanti a lei. Lo guardò osservare l'ambiente circostante, anche se sospettava che lui vedesse più cose di lei. Per la prima volta notò quanto fosse vigile, come i suoi occhi scrutassero l'area fuori dalla casa con decisione ed efficienza. Come se l'avesse fatto molte volte in precedenza. Come un professionista. Ma che tipo di professionista?

A lui sembrò piacere quello che aveva visto, mentre lei era ancora nervosa, aspettandosi che da un momento all'altro si aprisse una porta e apparisse un nonno o una governante dall'interno della casa. Mentre lei si guardava nervosamente alle spalle, Scott si avvicinò alla porta che dava sulla terrazza e la controllò. Era chiusa a chiave, come Phoebe si aspettava.

Tirò fuori qualcosa dalla tasca interna della giacca e si mise all'opera sulla serratura, ma la sua schiena larga le bloccò la visuale e lei non riuscì a vedere cosa stesse facendo. Quando lei attraversò il patio e lo raggiunse, lui stava già spingendo la porta per aprirla. Esitò un attimo, poi entrò in casa. Phoebe lo seguì con cautela e si guardò intorno.

Scott si tolse il casco e lo appoggiò sul bancone pulito della cucina. «Ora puoi toglierti il casco».

Si tolse il casco da moto e scrollò i capelli, pettinandoli con le dita. Sembravano appiccicosi per il lungo viaggio. In effetti, tutto il suo corpo sembrava appiccicoso.

«Resta qui. Darò un'occhiata in giro», disse Scott. «Non accendere nessuna luce e stai lontana dalle finestre».

Phoebe lo guardò uscire dalla stanza e sentì a malapena i suoi passi, mentre entrava nel corridoio. Rimase in silenzio, ancora timorosa che non fossero soli in casa. Nel frattempo, lasciò che il suo sguardo vagasse per la cucina. Il suo sguardo cadde sul grande frigorifero. Si avvicinò e lo aprì.

Era praticamente spoglio, ripulito da tutti gli alimenti deperibili, come il latte o le uova. All'interno c'erano solo condimenti e altri oggetti più duraturi. E l'acqua. Prese una bottiglia e la aprì.

Bevve un bel sorso e si sentì subito meglio.

«Posso averne un po'?»

La voce di Scott alle sue spalle la fece girare di scatto, con il cuore che batteva come un martello pneumatico. Non l'aveva sentito tornare.

Lui si avvicinò alla bottiglia che aveva in mano. «Non volevo spaventarti. Un'abitudine radicata». Lui scrollò le spalle, scusandosi, e si portò la bottiglia alle labbra, trangugiandone metà, prima di restituirgliela. «Grazie».

«È sicuro, qui?»

Annuì. «Possiamo riposare qui per un giorno o due».

«E poi?»

«Troverò una soluzione». Lui doveva aver notato il suo sguardo preoccupato, perché le accarezzò una guancia con le nocche. «Se vuoi darti una ripulita, c'è un grande bagno padronale, al piano di sopra. Sul retro della casa. Ho tirato le tende dappertutto. Vedrò di trovare del cibo nel frattempo».

Phoebe indicò il frigorifero. «Il frigorifero è vuoto».

«C'è un congelatore e, se sono come tutte le famiglie americane, probabilmente ne avranno un altro in garage. Preparerò qualcosa e poi dovremo dormire».

Phoebe annuì con gratitudine. Il sonno era ciò di cui aveva bisogno. E di una doccia. E di cibo. Anche se non aveva idea in quale ordine. Uscì dalla cucina e prese le scale che portavano al secondo piano. Con sua grande sorpresa, la casa aveva due scale, una sul davanti e una sul retro. La casa sembrava ben tenuta e confortevole. La spessa moquette sotto i suoi piedi inghiottì il rumore dei suoi passi, quando percorse il corridoio del piano superiore alla ricerca della camera da letto principale. Una doppia porta conduceva all'interno. Un enorme letto matrimoniale dominava la stanza che aveva portefinestre che conducevano a un balcone con vista sul cortile. Gli armadi fiancheggiavano il corridoio che portava al bagno.

La doccia era dotata di doppi soffioni, un lusso del quale non aveva mai goduto prima. Ma ad attirare la sua attenzione fu la grande vasca da bagno. Sì, era proprio quello di cui aveva bisogno in quel momento. Un lungo bagno nella vasca per calmare i suoi muscoli doloranti, che non erano abituati a stare su una moto per ore senza sosta.

Fortunatamente anche la donna che viveva in questa casa amava fare il bagno, a giudicare dalla varietà di bagnoschiuma e sali da bagno.

Phoebe scelse un bagnoschiuma al profumo di lavanda e riempì la vasca gigante di acqua calda, mentre si spogliava.

Pochi minuti dopo, affondò nel liquido paradisiaco e chiuse gli occhi. Era il momento di rilassarsi e di pensare. Tante domande le brulicavano in testa. Non sapeva nemmeno da dove cominciare. Avrebbe dovuto fare una lista mentale. In cima alla lista c'era la domanda più importante: chi era Scott?

Le altre domande si susseguirono facilmente: da chi stava scappando e perché? Aveva commesso un crimine efferato? Perché aveva salvato i bambini e lei? Mentre il ricordo dello scontro con il treno riaffiorava, le tornò in mente il servizio di Debbie Finch della WYAT News. Aveva parlato di un altro episodio simile, in cui un motociclista aveva salvato la vittima di un incidente e poi era scomparso prima di poter essere identificato. Scott aveva qualcosa a che fare con quello? Scosse la testa. Non era possibile. Sarebbe stata una coincidenza troppo grande. Dopotutto, le probabilità che qualcuno si imbattesse in un disastro imminente come quello e arrivasse in tempo per evitarlo erano basse. Le probabilità che la stessa cosa accadesse due volte alla stessa persona erano infinitesimali.

Solo chi era a conoscenza di eventi come questi in anticipo sarebbe stato in grado di realizzare questa impresa impossibile. E non credeva che Scott avesse qualcosa a che fare con l'autista dell'autobus o con il tassista dell'incidente di due anni prima. No, doveva essere una coincidenza. Una coincidenza molto fortunata.

Phoebe sospirò e immerse la nuca nell'acqua, bagnandosi i capelli, prima di sedersi di nuovo, con gli occhi ancora chiusi. Aveva acceso solo la luce sopra il lavandino che illuminava la stanza di una luce arancione.

«Sembri a tuo agio. Posso unirmi a voi?».

Phoebe sussultò e si alzò di scatto. L'acqua si rovesciò oltre il bordo della vasca. Trovò Scott in piedi davanti alla porta, che la guardava con occhi illeggibili.

«Devi smetterla di avvicinarti così di soppiatto», lo ammonì.

«Chiedo scusa», disse ed entrò nella stanza.

Lei lo guardò con attenzione. Si era tolto la giacca di pelle e gli stivali, ma indossava ancora la maglietta e i pantaloni neri. Involontariamente, si leccò le labbra e sentì i suoi capezzoli indurirsi. Improvvisamente si rese conto di essere seduta nella vasca da bagno e che la schiuma non le copriva più il seno.

«Lo prendo come un sì».

Con la gola secca, Phoebe lo guardò mentre si spogliava. Per prima cosa, si tirò la maglietta sopra la testa e la gettò nel cesto dei vestiti. Poi aprì il bottone dei pantaloni e tirò giù la cerniera.

Lentamente tornò ad affondare nell'acqua, con i seni di nuovo sotto la schiuma. Quando Scott uscì dai pantaloni, lei concentrò i suoi occhi sui boxer. Il tessuto si tendeva strettamente sul suo inguine. Nel momento in cui i pollici di lui si agganciarono sotto la cintura, lei abbassò le palpebre e distolse lo sguardo. Dio, lo stava fissando come un'adolescente stregata! Era davvero spudorata. Non si era maledetta solo ieri mattina per essere stata così ingenua da cadere nella trappola della sua seduzione? E ora stava per fare la stessa cosa: cedere al suo sex appeal, quando invece avrebbe dovuto fargli delle domande.

«Non dirmi che sei diventata improvvisamente timida», disse Scott ed entrò nella vasca.

Quando lui rimase in piedi, lei alzò lo sguardo verso di lui e si trovò davanti il suo cazzo. Pendeva lì, lungo e pesante, ma rilassato.

«Hai intenzione di stare lì per sempre?» Chiese lei, invece di rispondere.

«Posso mettermi dietro di te?»

Phoebe si spostò in avanti e lui la aggirò per scivolare nella vasca, sedendosi con le gambe aperte a V, con le braccia che la tirarono subito contro il suo petto. Una mano scivolò sul suo stomaco e vi si appoggiò. L'altra si posò sui suoi seni, anche se non fece alcun tentativo di accarezzarli.

«È una bella sensazione». Il respiro di Scott le soffiò sulla nuca.

Lei rimase rigida tra le sue braccia, con la testa sollevata.

«Cosa c'è che non va? Rilassati, Phoebe. Appoggia la testa sul mio petto». Quando finalmente lo fece, lui le accarezzò il ventre con calma. «Così va meglio».

«Ho bisogno di risposte, Scott», sbottò, prima che il suo coraggio potesse abbandonarla. E questa volta non si sarebbe fermata finché non avesse ottenuto le risposte che cercava.

16

Scott sospirò. Aveva la sensazione che questa volta non avrebbe potuto tranquillizzare Phoebe con un bacio come aveva fatto la sera prima. Ma a prescindere da ciò che lei gli avrebbe chiesto, sarebbe stato *lui a* controllare ciò che le avrebbe detto. Non si sarebbe fatto convincere a rivelare i suoi segreti, anche se sapeva che per evitare che Phoebe si ammutinasse, avrebbe dovuto cedere alcune informazioni.

«Perché questa storia è così importante, per te?» Le chiese, per prendere tempo.

«Non si tratta di questa storia». Esitò. «Beh, lo è e non lo è».

«Non sono sicuro di aver capito».

Phoebe si spostò, girando la testa di lato. «Il giornale è in difficoltà finanziarie e stanno mandando via delle persone. Se non riesco a dimostrare di essere qualcuno che vale la pena di mantenere, sarò licenziata. E dato che il figlio dell'editore era uno dei ragazzi sull'autobus, lui si è messo in testa di ottenere la tua storia».

«Quindi è per questo che mi hai seguito». Per un attimo aveva pensato che forse l'avesse seguito perché si era sentita respinta da lui. E alcune donne avevano bisogno di avere l'ultima parola.

«Beh, il tuo biglietto insultante non è stato di grande aiuto. Questo è certo».

La premette più saldamente contro il suo petto e abbassò la testa su quella di lei. «Ti ho già spiegato perché l'ho scritto». Le diede un rapido bacio sulla tempia. «Ma temo che dovrai dire al tuo editore che non c'è nessuna storia». Scott fece scivolare la bocca più in basso e le baciò il collo, ma lei si tirò indietro, facendo capire chiaramente che questa volta non poteva adularla. «Bene», concesse lui. «Ti racconterò di me».

Lei si girò verso di lui, sorridendo, con la bocca già aperta, pronta a fare la sua domanda, ma lui la fermò.

«Ma non puoi pubblicare nulla di tutto questo. Se il pubblico lo scoprisse, sarei praticamente morto».

Il suo volto si rabbuiò. «Ma ci deve essere qualcosa che posso dare a Eriksson».

«Inventati qualcosa. Non è forse questo che fanno i giornalisti, in ogni caso?»

Lo sdegno colorò il volto di Phoebe. «Non è vero! Io scrivo solo la verità! Non sono una giornalista di pettegolezzi con poca etica che scrive per un giornale senza valore. Lavoro per il Daily Messenger».

Scott alzò le mani in segno di difesa. «Niente di personale, ma so per esperienza che nemmeno il Daily Messenger pubblica sempre la verità. E con questa bugia mi proteggeresti. A meno che, ovviamente, non ti interessi quello che mi succede». Gettò l'esca, sperando che lei abboccasse.

Lo fece, ma non senza avanzare le sue richieste. «Va bene, ma mi dirai la verità».

«Bene, ma non dirai mai una parola a nessuno. Ti dirò la verità». O meglio, una versione edulcorata della verità. Perché Phoebe non avrebbe mai creduto all'intera verità e non spettava a lui divulgarla. La posta in gioco era troppo alta. Non poteva rischiare la vita di altri uomini come lui, se alcuni di loro erano ancora vivi e vivevano nascosti come lui.

Scott la tirò indietro per appoggiarla al suo petto e avvolse di nuovo le braccia intorno a lei, con un braccio sui suoi seni lussureggianti e una mano sul suo stomaco. Così in basso che i suoi polpastrelli sfioravano la parte superiore del suo inguine, pronti a entrare in azione, se avesse avuto bisogno di distogliere la sua attenzione nel caso le sue domande fossero andate in una direzione che lui non voleva prendere.

«Ho passato i primi undici anni della mia vita in un orfanotrofio a Richmond, in Virginia», esordì. «Ne ho odiato ogni momento. Non appartenevo a quel posto. Non andavo d'accordo con gli altri bambini. Ero vittima di bullismo. Beh, a quei tempi non si chiamava così».

«Cos'era successo ai tuoi genitori?»

«Non lo so. Nessuno sa chi fossero i miei genitori. Mi hanno abbandonato. Mi hanno trovato da neonato in un bidone della spazzatura, vivo a malapena».

Phoebe ebbe un sussulto scioccato.

«Presumo che mia madre fosse un'adolescente e che io fossi il risultato di una gravidanza indesiderata».

«Hai mai provato a scoprirlo? Voglio dire, al giorno d'oggi con le analisi del DNA e tutto il resto...»

Scosse la testa e chiuse gli occhi. «Non voglio sapere chi è. Lei non mi ha voluto. Quindi perché dovrei volere lei?» Scott non era più amareggiato dalla cosa. Perché qualcun altro gli aveva dato l'amore che desiderava da bambino. «Sono stato adottato quando avevo undici anni».

«Una buona famiglia?»

«Un uomo single che mi ha dato la casa di cui avevo bisogno. Mi ha insegnato tutto. Era mio padre in tutto, tranne che nel sangue. Eravamo così simili».

«Potrebbe essere il tuo padre biologico? Voglio dire, forse ha scoperto di te ed è venuto a reclamarti perché sapeva che eri suo figlio?»

Scott sorrise malinconicamente. «No, non era il mio padre biologico. Ma non importava. Lo amavo e lo ammiravo».

«Se n'è andato, vero?» Chiese esitante, con la pietà evidente nella sua voce.

«Assassinato».

«Assassinato?» Gli fece eco Phoebe. «Oh mio Dio!»

«Non ho potuto evitarlo».

«Eri con lui, quando è successo?»

«No. Se fossi stato lì, forse sarei stato in grado di salvarlo. Ma si sono assicurati di prenderlo da soli».

«La polizia ha trovato gli assassini?»

«Non c'è mai stata un'indagine».

Phoebe si girò, fissandolo incredula. «Ma per ogni omicidio c'è un'indagine della polizia».

«La notizia ufficiale fu che era morto per un infarto».

Le sue sopracciglia si aggrottarono. «Ma... non capisco. Sei sicuro che sia stato assassinato?»

Scott vide lo scetticismo nei suoi occhi e non poté certo biasimarla. Se qualcuno gli avesse raccontato la stessa storia, forse sarebbe stato scettico anche lui. «Non ho mai visto il suo corpo, ma sono riuscito ad accedere al rapporto non ufficiale».

«Rapporto non ufficiale?»

«Hanno insabbiato tutto, hanno nascosto tutto».

«La polizia? Ma se sono stati loro a farlo, dovrai cercare di dimostrarlo. Rivolgiti all'FBI e fai in modo che indaghino loro. O al governo. Ci saranno persone che possono aiutarti».

«Non sto parlando della polizia, Phoebe. Sto parlando del governo. Sono loro che hanno insabbiato tutto».

La testa di Phoebe andò da una parte all'altra. «Ma perché?»

«Perché non possono permettersi che qualcuno scopra che uno dei loro programmi top-secret della CIA è stato compromesso e il suo direttore assassinato. Non possono far sapere a nessuno che il programma persino esisteva. E per questo motivo, sono diventati complici. Non posso fidarmi di loro».

«Ma non credi che sia...»

«Paranoico?» Scott terminò la sua frase.

«Stavo per dire pazzo, ma anche paranoico va bene».

«Sono vivo. Se questo significa che sono paranoico, allora sono paranoico».

La sua fronte si aggrottò. «Ma perché dovrebbero dare la caccia anche a te? Solo perché tuo padre era il direttore di un programma governativo super-segreto? Non ha senso».

Scott le prese il mento tra le mani e la guardò negli occhi. «Phoebe, io lavoravo con mio padre. Ero uno dei suoi agenti. Le persone che hanno ucciso mio padre stanno dando la caccia a me e a tutti gli altri collegati al programma. E quando mi prenderanno, mi uccideranno, a meno che non li uccida prima io».

Dalle labbra di Phoebe uscì un rantolo scioccato. Deglutì. «A quale programma partecipavi?»

«Non posso dirtelo. Ti ho già detto più di quanto abbia mai detto a chiunque altro. Ti prego di non chiedere altro. Meno sai, più sei al sicuro».

Lentamente Phoebe annuì, poi si girò completamente e gli mise le braccia intorno al collo, premendosi contro di lui.

«Perché?» mormorò lui, sorpreso dalla sua improvvisa dimostrazione di affetto. Non si aspettava che lei accettasse così facilmente la sua richiesta.

«Grazie per avermi parlato di te».

Non seppe cosa dire, sentendosi improvvisamente a corto di parole. E in colpa. Perché non le aveva detto la cosa più importante. Non le aveva rivelato di aver avuto una premonizione sulla sua morte. La consapevolezza di essere l'unica cosa che si frapponeva tra lei e il suo assassino gli fece correre un brivido gelido lungo la schiena e lo congelò fino alle ossa.

Scott si spostò per sedersi con Phoebe in braccio. «L'acqua si sta raffreddando. Asciughiamoci». Raggiunse il tappo e lo tirò, lasciando che l'acqua defluisse mentre usciva dalla vasca e aiutava Phoebe a venire fuori.

Aprì il grande armadio della biancheria e ne estrasse un asciugamano da bagno, lo stese sulla schiena di Phoebe e iniziò ad asciugarla. Quando lei fece un passo verso di lui, strofinando il suo corpo ancora umido contro il suo, lui fu improvvisamente consapevole della sua nudità.

Lei sollevò la testa e incontrò il suo sguardo. «Scott», mormorò, le labbra si aprirono, mentre raggiungeva il suo viso e l'asciugamano le scivolava dalle spalle.

Automaticamente, lui le mise le mani intorno alla schiena e le afferrò il sedere per spingerla contro la sua crescente erezione. Forse era quello di cui avevano bisogno in questo momento, una riaffermazione della vita, anche se Phoebe non poteva nemmeno immaginare la portata del pericolo che stava affrontando. «Riesci a sentire quello che mi stai facendo?»

Un sorriso allettante le attraversò le labbra. «Ti ecciti sempre così facilmente?»

Scott inarcò un sopracciglio. «Stai cercando di sedurmi?»

«Ne ho bisogno?» Le sue dita percorsero il busto di lui, dirigendosi verso l'inguine. «O hai intenzione di darmi volontariamente quello che voglio?»

«Cosa vuoi questa volta? Altre risposte?»

Lei scosse la testa e si leccò le labbra. La mano di lei ora pettinava la rada peluria scura che circondava l'uccello di lui. Quando i suoi polpastrelli entrarono in contatto con la sua carne dura, lui sibilò un respiro. Sì, fare l'amore con lei gli avrebbe fatto passare il nervosismo. E poi avrebbe escogitato un piano per evitare l'evento che avrebbe potuto porre fine alla vita di Phoebe. La premonizione gli aveva fatto capire che gli stavano già addosso e che non poteva sfuggirgli. Doveva quindi combatterli. Prima che avessero la possibilità di metterlo alle strette.

«Penso che tu sappia cosa voglio», disse lei.

«Penso di volerlo anch'io». Scott diede un'occhiata al bagno, individuando il punto in cui Phoebe aveva lasciato i vestiti e la borsa. «Ti prego, dimmi che hai un preservativo, in quella borsa».

«Sei fortunato. Ho sempre con me un preservativo di emergenza».

Scott abbassò la testa verso la sua. «Credo che questa sia un'emergenza».

17

Nel momento in cui Phoebe passò a Scott il preservativo dalla borsetta, lui la sollevò tra le braccia e la portò nella camera da letto principale. Pochi secondi dopo, Phoebe si ritrovò con la schiena sul letto, mentre Scott era in piedi e la guardava, affamato. Già durante la notte che aveva trascorso nel suo letto aveva pensato che fosse un esemplare maschile straordinario, ma oggi lo sembrava ancora di più. C'era una determinazione, in lui, un'intensità che lei poteva solo supporre fosse dovuta al fatto che era in fuga e poteva essere catturato in qualsiasi momento. Per quale altro motivo l'avrebbe guardata come un uomo che aveva bisogno di sperimentare tutto ciò che poteva, perché quella poteva essere l'ultima volta che ne aveva l'occasione?

Quando lei allungò le braccia verso di lui, lui strappò la confezione di carta stagnola e fece scivolare il preservativo sul suo cazzo, con le mani che quasi gli tremavano. Oggi non ci sarebbero stati preliminari, né lente carezze, né baci prolungati. Sarebbe stato un accoppiamento intenso, un'unione appassionata dei loro corpi.

Scott non disse nulla quando la raggiunse sul letto, si spostò sopra di lei e usò le ginocchia per divaricarle le cosce. Tuttavia, il suo sguardo parlava chiaro. Aveva bisogno di lei. Anche solo per questo momento, per questo giorno, forse per questa settimana.

Quando sentì la testa spessa del suo cazzo sul suo sesso, ebbe solo una frazione di secondo per prendere fiato prima che lui facesse breccia nel suo portale e la penetrasse. Le sue labbra emisero solo un gemito, mentre lui stringeva la mascella. Poi la sua bocca fu sulla sua e la sua lingua imitava le azioni del suo cazzo, accarezzando la sua lingua allo stesso ritmo delle spinte del suo cazzo dentro e fuori di lei.

Il suo bacino sbatteva contro il suo sesso a ogni movimento, duro e implacabile, mentre le sue mani sul corpo di lei praticamente la immobilizzavano. Come se avesse bisogno di avere il controllo assoluto. Se non avesse visto la tenerezza di cui era capace, la compassione e l'altruismo che le aveva mostrato la prima notte, sarebbe stata spaventata, dal suo dominio. Ma ora, questo lato di lui non faceva che aumentare la complessità del suo carattere. Un uomo che desiderava l'amore - lo aveva dedotto da ciò che le aveva raccontato sul suo padre adottivo - ma che era costretto a dimostrare forza e controllo, supremazia e potere. Scott le stava mostrando entrambi i lati di sé: quello vulnerabile e quello potente. Lei era attratta da entrambi: l'uomo che poteva consolare e l'uomo a cui poteva sottomettersi.

In questo momento, si sottometteva a lui e adattava i suoi movimenti alle sue richieste. Gli permise di prendere ciò che gli serviva, di dimostrarle, con il suo corpo, che era forte, che avrebbe combattuto chiunque li avesse minacciati.

Phoebe bloccò le caviglie dietro il sedere di lui, costringendolo a penetrarla ancora più a fondo, mentre le sue mani vagavano per il suo corpo, desiderose di sentirlo, di toccarlo, di ricordarlo. Le sue azioni sembrarono spronarlo ancora di più e le sue spinte divennero più veloci e vigorose.

Quando lei ansimò per prendere aria, Scott lasciò le sue labbra per un breve momento, respirando a fatica, prima di inclinare di nuovo la bocca sulla sua e continuare a baciarla. Come se qualcosa di brutto potesse succedere, se si fosse fermato.

Phoebe si sentiva stranamente al sicuro tra le sue braccia. Stranamente protetta. Ma soprattutto si sentiva desiderata. Voluta. Necessaria. Molto più di quando lui aveva adorato il suo corpo facendola venire con la bocca. Perché quella notte lui aveva mantenuto il controllo di sé stesso. Oggi non lo stava facendo. Qualcosa lo stava guidando. E per questo motivo, lei vide l'uomo sotto la maschera, l'uomo la cui passione era cruda e indomita, l'uomo i cui desideri erano scatenati. E lui li aveva scatenati su di lei.

Istintivamente seppe che questa era la prima volta che gli succedeva. La prima volta che si lasciava andare. La prima volta che non si tratteneva. Lo sentiva nel suo bacio e nel modo in cui il suo corpo si tendeva ogni volta che si immergeva in lei.

Il suo corpo si riscaldò, non solo per le azioni fisiche di Scott, ma anche per la consapevolezza di ciò che lui stava cercando di dirle. Aveva ancora delle domande, ancora di più rispetto a prima che lui le parlasse del suo passato, e sentiva che c'erano molte altre cose che lui teneva per sé. Ma al momento nulla di tutto ciò era importante.

Contava solo il loro modo di fare l'amore. E anche se oggi Scott non era né tenero né gentile, si trattava comunque di fare l'amore. Chiunque li avesse osservati avrebbe visto un sesso frenetico in cui nessuno dei due partecipanti cercava altro che il proprio piacere. Ma la disperazione con cui Scott la baciava e la passione che riversava su di lei le dimostrarono che non si trattava solo di una liberazione fisica.

Quando Scott interruppe improvvisamente il bacio, lei sentì il suo cazzo sussultare dentro di lei. Il suo viso si tese e lui imprecò, prima che il suo corpo avesse uno spasmo. Per un istante pensò che avrebbe avuto lo stesso tipo di crisi che aveva visto la sera prima, ma poi capì che stava raggiungendo l'orgasmo e il suo corpo si rilassò con sollievo.

Pochi secondi dopo, si fermò e si sostenne sui gomiti per scaricare il peso da lei.

«Mi dispiace tanto, Phoebe. Ti meriti di meglio di me che ti scopo come un animale». Lui distolse lo sguardo, apparentemente troppo imbarazzato per incontrare i suoi occhi.

Gli prese il mento e costrinse il suo viso a tornare verso di lei. «Scott, guardami».

Lui aprì gli occhi.

«Mi è piaciuto molto».

Scosse la testa. «Non sei venuta. Sono stato egoista».

Phoebe gli accarezzò la guancia. «Non sei egoista. O devo ricordarti di quando ti sei buttato su di me e mi hai fatto venire con la bocca?»

«Che ne dici se lo faccio di muovo, adesso?»

Lei rise. «Oh, Scott, che ne dici di tenermi tra le braccia per un po'?»

«È tutto quello che vuoi?»

«Per ora è più che sufficiente».

Alle sue parole, Scott si alzò dal letto. Dopo aver gettato il preservativo ed essersi pulito, raggiunse Phoebe a letto e si infilò sotto le coperte con lei. La tirò contro di sé, cullandola nelle curve del suo corpo, come aveva fatto la notte che lei aveva trascorso nel suo letto.

Non capiva cosa gli fosse preso, scopandola in questo modo. Sbattendosi dentro di lei senza prendersene cura, senza badare al suo piacere. Ma ne aveva bisogno. Aveva bisogno di sentirsi vivo.

Anche se Phoebe aveva detto di voler solo essere presa fra le sue braccia, ora, Scott non poteva accettarlo. Doveva concederle lo stesso piacere che aveva preso per sé stesso. Sapeva che era eccitata. Il suo sesso era stato caldo e umido e ora, mentre premeva l'inguine contro il suo sedere e faceva scorrere la mano sulla sua protuberanza, sentiva lo stesso calore umido.

«Cosa stai facendo?» Mormorò lei.

«Quello che avrei dovuto fare prima».

«Ma non abbiamo più preservativi».

«Questa volta non entrerò dentro di te. E non verrò. Questo è solo per te».

«Non devi...»

Lui interruppe la sua protesta strofinando il dito sul centro del suo piacere.

«Alza un po' la gamba», la esortò. Quando lei lo fece, lui guidò il suo cazzo ancora semi-eretto tra le sue cosce e scivolò lungo le sue pieghe. I succhi di lei resero fluido il contatto.

«Ora rilassati e lascia che mi prenda cura di te».

Con movimenti lenti e circolari le accarezzò il clitoride, mentre il suo cazzo si strusciava sul suo sesso, scivolando avanti e indietro senza penetrarla. I morbidi petali erano inebrianti. Era così incredibile che sapeva che avrebbe raggiunto di nuovo l'orgasmo, se avesse continuato a farlo per troppo tempo. Cercò di non pensare alle sensazioni che toccarla in questo modo trasmettevano al suo corpo e si concentrò invece su Phoebe.

«Sei così morbida», le sussurrò all'orecchio e continuò ad accarezzarla.

«Hmm».

Il suo tocco rimase leggero e giocoso. Ogni tanto raccoglieva l'umidità che trasudava dal suo sesso e le bagnava il clitoride; ogni volta che lo faceva, Phoebe gemeva dolcemente. Non le stava mettendo fretta. In realtà, aveva intenzione di prolungare la cosa il più a lungo possibile. Ogni volta che sentiva il suo respiro accelerato e il suo corpo teso, fermava il dito e continuava a spingere il suo cazzo lungo le sue pieghe. Era diventato di nuovo duro come una spranga di ferro, ma questa volta avrebbe usato il suo cazzo solo per il piacere di lei e avrebbe rinunciato al suo.

«Non fermarti», lo implorò Phoebe.

«Non lo sto facendo. Mi sto solo assicurando che tu non venga troppo in fretta. Voglio che questa cosa duri».

Lentamente Scott riprese le sue delicate attenzioni, disegnando cerchi intorno al suo centro del piacere, stuzzicando il fascio di nervi ingrossati, finché lei non si tese di nuovo. E di nuovo, smise di muovere il dito e si limitò a muovere la sua erezione avanti e indietro, mentre i suoi abbondanti umori la ricoprivano.

Premette le labbra sul suo collo, baciandola lì, poi le mordicchiò il lobo dell'orecchio. «Vorrei poterti toccare così tutto il giorno e tutta la notte».

«Scott, ti prego, mi stai uccidendo». Lei spinse il bacino contro la sua mano in un'inequivocabile richiesta di strofinare nuovamente il dito sulla sua carne sensibile.

Lui assecondò la sua richiesta e ora la accarezzò con maggiore pressione. Lei gemette ad alta voce.

«Oh sì!»

«Non ancora, piccola», la ammonì e rallentò di nuovo, poi fece scivolare il dito più in basso e tirò indietro il cazzo per poter spingere il dito dentro di lei.

Phoebe si sollevò contro di lui, facendo un respiro sibilante.

Era un peccato che non avessero più preservativi, perché ora che sentiva i muscoli di lei stringersi intorno al suo dito, l'impulso di prenderla divenne irrefrenabile. Ma avrebbe dovuto fare attenzione. Per distrarsi, estrasse il dito da lei e lo fece scivolare più in alto, strofinando di nuovo il polpastrello umido sul suo nocciolo ingrossato.

Questa volta non ebbe la possibilità di toglierla di nuovo, perché Phoebe premette la sua mano sulla sua e la imprigionò lì.

«Va bene, allora», concesse. «Come vuoi tu, piccola».

Scott le sfregò il clitoride, accelerando il ritmo e aumentando la pressione, mentre spingeva il suo cazzo avanti e indietro con lo stesso ritmo. Quando sentì Phoebe tesa tra le sue braccia, con il respiro affannoso in gola, raddoppiò gli sforzi.

Un gemito di sollievo le uscì dalle labbra e il suo sesso ebbe uno spasmo sotto la sua mano. Sentì le onde che percorrevano il corpo di lei raggiungere la sua erezione e rimbalzare contro di essa. La sensazione lo privò quasi del suo controllo. Strinse la mascella per combattere l'orgasmo.

Respirando affannosamente, la sua mano si fermò e lui si limitò a posarla interamente sul suo sesso e a stringere il suo petto ansante.

Quando lei girò la testa verso di lui, lui inclinò la bocca sulla sua e la baciò teneramente. Poi la guardò negli occhi. «Vedi? È molto meglio che tenerti tra le mie braccia, non sei d'accordo?».

«Beh, se la metti così».

Le sue guance erano arrossate e lui si rese conto che quell'aspetto gli piaceva. Gli piaceva molto. «Perché non dormi un po', mentre mi occupo di alcune cose?».

Immediatamente, un'espressione allarmata riempì i suoi occhi. «Occuparti di cosa?»

Le scostò una ciocca di capelli dal viso. «Tornerò presto. Te lo prometto. Non c'è praticamente nulla nel freezer. Dovrò prendere qualcosa da mangiare».

Lei gli afferrò la mano. «Ma tornerai».

«Phoebe, pensi davvero che ti abbandonerei, dopo questo?». Non si trattava più di un'avventura di una notte. Phoebe significava qualcosa, per lui. Cosa, non ne era ancora sicuro. Ma in ogni caso, non poteva lasciarla finché non si fosse assicurato di aver eliminato la minaccia contro di lei. E anche dopo... beh, stava correndo troppo.

Per prima cosa doveva sondare il terreno per scoprire chi gli stesse addosso. E sapeva da dove cominciare.

18

Poche persone sapevano cosa fosse davvero il Deep Web, o Deep net, come veniva talvolta chiamato. Ancora meno erano quelli che vi avevano avuto accesso. Scott lo conosceva bene. L'aveva usato molte volte, durante il suo periodo di lavoro nella CIA. Anche se non era mai stato un vero agente sul campo - non era mai stato mandato in missione come gli agenti normali, perché faceva parte del programma Nome in Codice Stargate - aveva ricevuto lo stesso addestramento di tutti gli altri agenti della CIA. Inoltre, era entrato in contatto con alcuni elementi clandestini, persone che non volevano essere identificate, ma che erano felici di scambiare segreti, vendere informazioni o armi o consultare le bacheche dei posti di lavoro per lui. Tuttavia, per i posti di lavoro pubblicati in questa rete, i curriculum consistevano nel numero di uccisioni che si avevano all'attivo. E fallire un incarico significava morte certa.

Quando aveva creato il programma Stargate, Sheppard aveva insistito affinché i suoi agenti fossero addestrati a tutti i tipi di combattimento e di affari clandestini, anche se il loro lavoro non lo richiedeva. Il loro addestramento, e in seguito il loro lavoro, consisteva nel guardare i notiziari e gli eventi di attualità, leggere articoli e libri su argomenti vasti e vari, visualizzare immagini e navigare sul web con l'idea che queste immagini e questi input avrebbero stimolato il dono precognitivo dell'agente e gli avrebbero mostrato una premonizione. Ogni volta che un agente aveva una premonizione, doveva riferirla a Sheppard, che l'avrebbe analizzata e avrebbe deciso se agire di conseguenza.

Nel frattempo, gli uomini di Nome in Codice Stargate vivevano vite normali e facevano lavori normali. Scott aveva sempre riparato motociclette, un'attività che lo tranquillizzava. Ogni volta che aveva avuto una premonizione, l'aveva riferita a Sheppard, proprio come presumeva avessero fatto anche gli altri agenti Stargate. Aveva avuto più contatti con la CIA di quanto credesse che avessero avuto gli altri membri del programma, semplicemente perché Sheppard era suo padre.

Scott era contento dell'addestramento ricevuto alla Fattoria e poi da suo padre. Sheppard aveva sempre saputo che un giorno i suoi agenti Stargate avrebbero dovuto fare affidamento su questo addestramento per rimanere in vita? Aveva avuto una premonizione al riguardo?

Dopo aver rovistato nell'armadio della camera da letto dell'adolescente, Scott scelse un abbigliamento che sperava potesse attirare meno l'attenzione di quello da motociclista e si vestì rapidamente. Quando uscì in strada, avrebbe potuto essere scambiato per uno studente universitario che andava a correre: un cappellino da baseball nascondeva metà del suo viso; scarpe da corsa, pantaloncini larghi, una maglietta e una giacca di jeans completavano il travestimento. Non voleva uscire con la moto alla luce del giorno, preoccupato che i vicini ficcanaso si allarmassero. Come pedone attirava molta meno attenzione, in questo quartiere.

Sapeva che non avrebbe dovuto andare molto lontano. C'era un centro commerciale a soli due isolati di distanza e il centro città era a solo poco più di un chilometro di distanza. La casa non si trovava in periferia, dove avrebbe dovuto preoccuparsi di più del fatto che i vicini conoscessero i propri vicini e che quindi si preoccupassero di fare attenzione a qualsiasi cosa insolita, mentre una famiglia era in vacanza. Pur sapendo che doveva comunque fare attenzione, c'era un certo anonimato in un quartiere così vicino al centro e al centro commerciale. Il fatto che ci fosse un condominio alla fine dell'isolato e un altro nella strada accanto gli diceva che c'era abbastanza movimento, in questo quartiere, da potersi mimetizzare facilmente.

Scott corse oltre il centro commerciale e proseguì verso il centro della città, tenendo la testa bassa e scrutando le strade con la coda dell'occhio. Non dovette cercare a lungo. Accanto a una lavanderia a gettoni c'era un internet café. Ovviamente avrebbe potuto usare il computer e internet della casa in cui si era introdotto, ma non gli piaceva correre rischi inutili. Certo, gli indirizzi IP non potevano essere rintracciati nel Deep Web, ma lui preferiva essere paranoico, piuttosto che morto. Avendo visto il tipo di tecnologia che la CIA aveva a disposizione e di cui il pubblico generale non aveva la più pallida idea, doveva sospettare che le persone che gli davano la caccia avessero accesso alla stessa tecnologia. Inoltre, era fuori dal gioco da oltre tre anni e tre anni erano un'eternità, quando si trattava di tecnologia. Chi poteva sapere cosa avessero sviluppato, nel frattempo?

Scott entrò nell'internet café e ordinò un tè freddo più un'ora di accesso a internet, pagando in contanti e lasciando la mancia sul tè freddo che, secondo lui, avrebbe lasciato un ragazzo del college. Scelse un computer in un angolo, dove poteva dare le spalle al muro e tenere d'occhio la porta d'ingresso. Bevve un sorso di tè, sentendo il calore della corsa nella tarda mattinata, e si mise al lavoro.

Navigare nel Deep Web era difficile, se non sapevi da dove iniziare. Per fortuna Scott lo sapeva. Non perse tempo e si collegò alla bacheca di un'area privata per cercare uno dei suoi precedenti contatti. Nessuno di loro era online, ma non aveva importanza. Sapeva che alcuni di loro stavano monitorando la bacheca con nomi di utenti che non conosceva. Una volta pubblicato il suo messaggio e utilizzate le frasi e le parole corrette, il contatto giusto si sarebbe collegato e gli avrebbe risposto. Doveva solo essere paziente.

Mentre aspettava una risposta, navigò fino alla bacheca delle offerte di lavoro e scrutò gli annunci. Il modo in cui erano formulati era sottile, ma Scott conosceva i codici per l'assassinio, il rapimento e altri crimini efferati. Rabbrividì per il numero di lavori pubblicati. Una volta che gli ordini fossero stati abbinati a un destinatario, le vite sarebbero state colpite. Le famiglie sarebbero state distrutte, i loro cari sarebbero andati perduti. Non voleva pensarci.

Ci fu un movimento nell'angolo dello schermo. Allargò la finestra. Un utente si era disconnesso. Al suo posto era comparso il nome di un altro utente. Il suo contatto.

Qualche istante dopo, si aprì una finestra. Il cursore si spostò e apparve un messaggio.

Incarico? Scott lesse.

Sospetto pedinamento, conferma segni di violazione, rispose Scott.

Traccio ora.

Il cursore lampeggiò. Scott tamburellò con le dita sulla superficie di legno del tavolo e sorseggiò il suo drink, allontanando lo sguardo dallo schermo e passando in rassegna i pochi clienti del bar. Nessuno lo guardava. Tutti erano impegnati a fissare i rispettivi monitor.

I secondi diventarono minuti, mentre il cursore continuava a lampeggiare, con l'ultimo messaggio ancora sullo schermo. Il suo contatto era un hacker esperto, che sapeva come scoprire se qualcuno avesse fatto ricerche su altri.

Un movimento sullo schermo fece scattare la testa di Scott. Il suo contatto aveva una risposta per lui. Una risposta che a Scott non piaceva.

Confermato. Rilevate più violazioni.

Seguì un elenco di acronimi. Scott non ebbe difficoltà a decifrarli: qualcuno aveva trovato il suo appartamento e lo aveva messo a soqquadro. La sua nuova targa era stata inserita in un database online e ora era compromessa. Qualcuno gli stava addosso.

L'ultima sigla, però, confermò il suo peggior sospetto: c'era una taglia su Scott e qualcuno aveva accettato il lavoro.

Posizione dell'ultima violazione conosciuta? Scott digitò.

Missouri.

«Merda!» L'assassino era più vicino di quanto Scott avesse sospettato.

Identità del soggetto?

Soggetti non identificati, fu la risposta.

Scott fissò meglio lo schermo.

Soggetti? Plurale?

Positivo.

Scott si passò una mano tra i capelli. Esattamente, quante persone lo stavano cercando? Ma perché? Nessuno mandava due assassini a fare lo stesso lavoro.

Come comportarsi? Gli chiese il suo contatto.

Per un attimo Scott si fermò. Se l'assassino era già sulle sue tracce, c'era solo una cosa da fare: affrontarlo di petto, ma alle sue condizioni. Scott compose un messaggio che inviò al suo contatto per lanciare l'esca. Premette invio e attese.

Prezzo: quindici, fu la risposta.

Quindici. Non era in vena di contrattare.

Trasferimento.

Tra dieci; esegui alle 18:00, rispose Scott.

Eseguire l'ordine alle 18:00. Nella riga successiva apparve un teschio. Il suo contatto aveva sempre avuto un'inclinazione per il macabro.

Poi la piccola finestra si chiuse da sola. Il suo contatto aveva accettato il lavoro che aveva pubblicato.

Scott chiuse la finestra del browser e si collegò a un'altra area del web, completando il trasferimento in meno di tre minuti, prima di bere il resto del tè freddo e cancellare la cronologia del browser dal computer.

Poi si alzò senza fretta e si diresse verso l'uscita.

Una volta che il suo contatto avesse piazzato l'esca per il nemico di Scott, non ci sarebbe voluto molto perché chiunque lo stesse inseguendo venisse condotto nella trappola che stava per tendere.

Al centro commerciale si fermò a comprare del cibo e qualche altra cosa, prima di tornare a casa. Quando raggiunse la sua moto, usò alcune delle cose che aveva comprato per modificare la targa. Ci vollero dieci minuti, del nastro isolante, dei pennarelli colorati e una pellicola di plastica trasparente per creare un numero di targa completamente nuovo. Soddisfatto del suo lavoro, entrò in casa.

Phoebe stava dormendo, quando lui entrò in camera da letto, ma si destò quando lo sentì spogliarsi.

«Scott?» Chiese, con voce assonnata.

Puntò la sveglia dell'orologio alle quattro del pomeriggio e si infilò sotto le coperte. Questo gli avrebbe dato abbastanza tempo per prepararsi, prima che il suo contatto preparasse l'esca.

«Sono qui, piccola». Mise le braccia intorno a Phoebe e chiuse gli occhi.

Presto avrebbe dovuto essere di nuovo completamente vigile, ma ora aveva bisogno di raccogliere le forze, per essere pronto per il combattimento imminente.

19

«Hai intenzione di mandarmi via?».

Phoebe si irrigidì involontariamente e lasciò cadere la forchetta sul piatto quasi vuoto. Di fronte a lei, sul tavolo della cucina, Scott la guardò.

«Non per molto tempo. Solo qualche ora».

«Ma perché non posso restare qui? Non hai detto proprio ieri sera che devo stare con te per essere al sicuro? Ti ho creduto».

Scott allungò la mano sul tavolo e prese la sua. «Ti prometto che sarai al sicuro. Ma non lo sarai, se resterai qui con me».

«Perché?»

Sospirò. «Non mi crederai sulla parola, vero?»

Lei scosse la testa.

«Ho messo in moto gli eventi per far emergere la persona che mi sta cercando».

«Ma è...»

«Pazzo? No. La follia sarebbe lasciare che ci insegua per tutti gli Stati Uniti. Ho più possibilità di sconfiggerlo, se posso scegliere dove e quando incontrarlo. Sarò sull'offensiva e avrò l'elemento sorpresa dalla mia parte».

Phoebe si alzò dal tavolo. «Ma non sai nemmeno se ti sta davvero cercando. Hai detto tu stesso di essere stato attento».

«So che sta arrivando», insistette Scott.

Mise il piatto nel lavandino e si voltò verso di lui. «No, non puoi saperlo. Sei solo paranoico».

Scott si alzò e si diresse verso di lei, con un'andatura calma e determinata. Si fermò a pochi metri da lei. «L'ho visto».

Il respiro le si strozzò in gola e involontariamente i suoi occhi si diressero verso la finestra della cucina. Le tende erano tirate, come in tutto il resto della casa. «Oh, mio Dio, dove? Perché non me l'hai detto?» Il panico le scivolò lungo la schiena come un serpente, facendola rabbrividire.

«Non te l'ho detto perché ti sarà molto difficile credere a quello che ti dirò ora. Voglio che tu mantenga una mente aperta. E voglio che ti fidi di me».

Le sue parole la fecero indietreggiare, fino a quando non sentì il lavandino premere sulla sua schiena. «Cosa stai dicendo?»

«Ho un dono, Phoebe». Lui le mise le mani sulle spalle. «Il dono della preveggenza. La gente le chiama premonizioni. Seconda vista. Un'abilità precognitiva. Ma in qualsiasi modo tu voglia chiamarla, posso vedere gli eventi nel futuro. E ho visto l'assassino. Sta arrivando».

Phoebe sentì la testa andare da un lato all'altro come se con questo movimento potesse cancellare le strane parole che erano uscite dalla bocca di Scott. «Sei un sensitivo?» I suoi occhi si strinsero. «Tra tutte le carognate che hai detto per cercare di tranquillizzarmi, questa è la numero uno».

Lui sorrise. «Credo che tu abbia detto la stessa cosa quando ti ho lasciato quel biglietto nel mio appartamento».

Phoebe si liberò dalla sua presa e cercò di oltrepassarlo, ma lui la bloccò con il suo corpo. Lei lo fulminò con lo sguardo. «Dopo tutto quello che è successo tra noi, non mi aspettavo che mi mentissi così palesemente. Beh, questo dimostra che non ha significato nulla, per te».

Prima che potesse schivarlo, le mani di Scott si strinsero intorno ai suoi bicipiti, avvicinandola in modo che il suo petto premesse contro il suo.

«Ha significato qualcosa», disse Scott, a denti stretti. «Più di quanto volevo che significasse. Dannazione, Phoebe, ci tengo a te. Mi ritrovo a pensare a te, a quello che potrebbe essere, se le circostanze fossero diverse. Mi ritrovo a desiderare una...».

Lei fissò le sue labbra, aspettando le sue prossime parole. Gli importava davvero di lei?

«...una relazione», continuò e distolse lo sguardo. «Anche se so che è impossibile».

Stupita dalle sue parole, rimase per un attimo senza parole. «Perché è impossibile?»

Lentamente voltò la testa verso di lei e affrontò il suo sguardo curioso. «Per quello che sono e per quello che faccio. Quello che facevo», si corresse. «Ti ho detto che ero un membro di un programma top-secret della CIA. Il gruppo di cui mio padre era a capo. Qualcuno non voleva che il programma esistesse. Per questo hanno ucciso mio padre. Il resto di noi si è disperso. Ci siamo dati alla clandestinità. Ma quello che non ti ho detto è cosa siamo veramente. Quello che sono io. Siamo stati tutti selezionati perché abbiamo una forma di ESP, percezione extrasensoriale. Vediamo cose. Abbiamo visioni di eventi che si verificheranno in futuro».

Il mento di Phoebe si abbassò.

«È così che sapevo che lo scuolabus sarebbe stato investito dal treno. È così che sono riuscito a salvare te e i bambini. Ho avuto una premonizione quella stessa mattina».

Le girò la testa. CIA. Programma top-secret. ESP. Visioni. Premonizioni. Le parole saettavano nella sua testa come un proiettile che rimbalza in uno spazio ristretto. Le cose che le diceva erano impossibili, ma non poté fare a meno di considerare una prova inconfutabile: Scott aveva salvato lei e i bambini. Sapeva cosa sarebbe successo e aveva agito di conseguenza. Salvo fortunate coincidenze, solo un uomo con una conoscenza avanzata sarebbe stato in grado di fare ciò che Scott aveva fatto.

«Non era la prima volta, vero?».

Scott scosse la testa.

Phoebe ricordò il servizio del telegiornale di qualche giorno prima. «Due anni fa, un motociclista ha salvato un uomo da un taxi prima che un camion...»

«Lo so».

Non aveva bisogno di chiederglielo. Il suo viso diceva tutto. «Sei stato tu».

«All'epoca sono stato fortunato. Nessuno ha scattato una foto con l'iPhone. Sono scappato prima che qualcuno potesse mettere la mia faccia su tutti i telegiornali».

Phoebe si ritrovò ad annuire. Scott stava dicendo la verità. Lei lo sapeva. Anzi, lo sentiva.

«Per favore, vuoi fidarti di me?»

«Mi fido di te».

Lui la lasciò andare. «Allora lascia che ti porti in un posto sicuro».

Lei gli toccò un braccio. «Ma ci sono così tante cose che ancora non so. Come avvengono queste premonizioni? Quanto presto te ne accorgi? Quante ne hai? Dove hai visto la persona che ti sta cercando?».

«Non c'è tempo, Phoebe. Ti dirò tutto quando sarà tutto finito. Ma ora devi fidarti di me. Lo sto facendo per tenerti al sicuro. Per tenerci entrambi al sicuro».

Sembrò che volesse aggiungere qualcosa, ma tacque. Tuttavia, lei sapeva cosa non poteva dire: stava cercando di tenerla al sicuro per poter stare insieme. O almeno questo era ciò che lei voleva che le dicesse. E per il momento, si sarebbe aggrappata a questa convinzione.

«Va bene», Phoebe acconsentì, infine. «Ma sarò meglio che tu non ti faccia uccidere».

Un sorriso gli incurvò le labbra verso l'alto. «Fidati di me. Mi bastano due o tre ore per organizzare tutto e, una volta che quell'assassino si presenterà qui, sarà fregato».

Phoebe rabbrividì al pensiero che Scott si sarebbe messo in pericolo.

«Promettimi una cosa», aggiunse Scott.

«Cosa?»

«Se qualcosa andasse storto, non tornerai in questa casa. Non ne parlerai con nessuno. Nessuno deve sapere che sei stata qui o che hai un legame con me. Se non avrai mie notizie entro ventiquattro ore, lascia Memphis e vai dove ti sentirai al sicuro. Ti troverò, qualunque cosa accada».

Poi la prese tra le braccia e la baciò. Lei si aggrappò a lui, ricambiando il bacio con una disperazione e un bisogno che la sorpresero. Troppo presto Scott interruppe il bacio.

«Scott, promettimi che tornerai», lo supplicò.

«Te lo prometto, piccola. Te lo prometto».

20

Con il cuore pesante, Scott lasciò Phoebe in un motel. Odiava doverla lasciare sola, ma confidava che sarebbe stata prudente e non avrebbe fatto nulla per attirare l'attenzione.

Phoebe sarebbe stata al sicuro per le prossime ore. La premonizione che aveva avuto riguardo all'attacco contro di lei gli aveva dato abbastanza indizi per capire il luogo in cui sarebbe avvenuto: Nashville. E loro erano a circa quattro ore di macchina da Nashville. Se avesse eliminato l'assassino qui a Memphis, avrebbe cambiato il futuro e quindi la premonizione non si sarebbe avverata. Proprio come i bambini non erano morti nello scuolabus. Avrebbe potuto farlo di nuovo. Poteva cambiare il corso della storia. Realizzare il suo proposito di usare le sue premonizioni per il bene della società.

Non aveva detto a Phoebe della premonizione in cui l'aveva vista morire. L'avrebbe spaventata ancora di più. Ma era contento che lei avesse finalmente accettato quello che le aveva rivelato. Anche se avrebbe dovuto sentirsi preoccupato, ora che una persona esterna conosceva il suo segreto più profondo, provò solo sollievo per non doverle più mentire. Ricordò il momento del loro primo abbraccio sul ciglio della ferrovia e come già allora avesse avuto la sensazione di poterle dire tutto. Il suo intuito non lo aveva deluso. Proprio come sperava che non lo avrebbe fatto ora.

Scott parcheggiò la moto fuori da un'affollata tavola calda dove si trovavano numerose altre moto e percorse i sei isolati che lo separavano dalla casa. Aveva comprato diverse cose al supermercato e, insieme agli oggetti trovati nel garage, in cucina e in bagno, sarebbe riuscito a trasformare la casa in una vera e propria polveriera. Non era un novellino, quando si trattava di improvvisare. Suo padre e la CIA gli avevano impartito buoni insegnamenti. Una volta che l'assassino fosse entrato in casa, sarebbe stato alla mercé di Scott.

Ma Scott non avrebbe avuto pietà. Avrebbe inflitto la morte. Una volta per tutte.

Scott si stava avvicinando alla casa quando avvertì una strana sensazione di pizzicore sulla nuca. Si tese, ogni cellula del suo corpo si mise in allerta all'istante. Senza fare movimenti rapidi, scrutò con gli occhi l'area davanti a sé. Non c'era nulla di strano. All'altezza della proprietà successiva, si fermò e sollevò il piede fino alla base di cemento della recinzione e procedette a riallacciarsi una scarpa. Con la coda dell'occhio guardò nella direzione da cui era venuto.

Una berlina stava passando lentamente, con una bella donna dai capelli corti e biondi al volante. Non lo guardò, ma continuò a guidare. Sul lato opposto della strada, un adolescente su uno skateboard stava provando una manovra ed era prontamente atterrato sul sedere. La sua imprecazione frustrata riecheggiò nella strada altrimenti vuota.

Forse Phoebe aveva ragione e lui stava diventando un po' paranoico. Dopotutto, secondo il suo orologio, il suo contatto nel Deep Web non aveva ancora pubblicato l'esca che avrebbe avvisato l'assassino della sua posizione. Mancavano ancora quindici minuti.

Scott si scrollò di dosso quella strana sensazione e si incamminò nel vicoletto accanto alla casa, poi aspettò lì per qualche lungo momento, guardando indietro verso la strada principale. Non passava nessuno. Lasciò passare un minuto, per buona misura, prima di proseguire e raggiungere il retro della proprietà. Scavalcò la recinzione alta un metro e mezzo e atterrò nell'erba soffice.

Scrutando attentamente il cortile, si avvicinò alla porta della cucina e si inginocchiò, con gli occhi puntati sulla serratura. I capelli che aveva incollato sulla fessura tra la porta e il telaio erano ancora al loro posto, segno che nessuno era entrato nella proprietà attraverso il cortile.

Aprì la porta e si infilò all'interno. Le tende erano ancora tirate e la casa era buia. Tutto era silenzioso.

Scott tirò un sospiro di sollievo e aprì l'armadietto sotto il lavandino, prendendo una bottiglia di candeggina, alcuni stracci e un secchio. Portò gli oggetti sul tavolo della sala da pranzo e accese una lampada a stelo che dava una luce sufficiente per poter lavorare. La borsa delle cose che aveva comprato giaceva su una sedia lì vicino.

Scott salì le strette scale posteriori per dirigersi verso il bagno, dove c'erano alcune cose che gli sarebbero servite. Quando i suoi piedi toccarono la morbida moquette del pianerottolo del secondo piano, un leggero suono gli giunse alle orecchie. Il suo cuore si fermò e trattenne il respiro, aspettando che il suono si ripetesse. Non accadde.

Questo tizio era bravo, Scott doveva riconoscerlo. Come avesse fatto l'assassino a trovare il posto non lo sapeva nessuno, ma una cosa era chiara: era appena entrato in casa, almeno un'ora prima del previsto. L'idea di Scott di mettere trappole esplosive in tutta la proprietà e lasciare che l'assassino vi entrasse non si sarebbe realizzata. Sembrava invece che la situazione si sarebbe trasformata in un sanguinoso combattimento corpo a corpo.

Scott infilò la mano nella tasca interna della giacca di jeans che ancora indossava e afferrò il manico del suo coltello. Strinse i denti, pronto a scattare. La sua pelle iniziò a pizzicare di nuovo. Stranamente, la sensazione gli ricordò la vicinanza di suo padre. Era sempre stato in grado di percepire quando Sheppard era vicino. Era quasi un sesto senso. Ma doveva trattarsi di qualcos'altro, perché il suo mentore era morto. Mettendo da parte quella sensazione snervante, si concentrò sugli altri sensi, cercando di capire il piano dell'assassino.

Scott diede un'occhiata al corridoio del piano superiore. La scala principale si trovava nella parte anteriore della casa. Se Scott fosse riuscito a raggiungere il primo piano da lì, avrebbe potuto sorprendere l'assassino. Scott sgattaiolò silenziosamente verso la scala principale, poi si voltò e guardò indietro. I suoi occhi caddero sulla credenza dove erano esposti alcuni soprammobili. Afferrò l'intaglio di un piccolo topo, non più grande del suo pollice, e lo lanciò verso la scala posteriore. Il suono che fece quando colpì il tappeto non fu forte, ma udibile. Se fosse stato più forte, l'assassino avrebbe capito che si trattava di una tattica diversiva. Ma questo suono debole non avrebbe destato alcun sospetto.

Scott si voltò verso le scale d'ingresso e mise un piede sul primo gradino, scendendo lentamente, con gli occhi che scrutavano l'area davanti a lui, scandagliando l'atrio in penombra. Arrivato all'ultimo gradino, trattenne il respiro. Il muro ostruiva la sua vista sulla zona giorno. Stava per fare l'ultimo passo quando una sensazione pungente gli attraversò di nuovo la pelle.

Merda!

Coltello alla mano, Scott girò l'angolo e si lanciò all'attacco. L'assassino era proprio lì, ad aspettarlo. Non era caduto nel tranello.

L'intruso era alto e robusto come Scott, con i capelli castano sabbia in netto contrasto con i vestiti scuri. Scott lo affrontò. Entrambi persero l'equilibrio e andarono a terra, facendo cadere una lampada. Mentre si schiantava sul parquet, Scott puntò il suo coltello alla testa dell'assassino, ma il tipo fu veloce e lo bloccò, alzando il gomito. Con l'altra mano, torse il polso di Scott, facendogli perdere la presa sul coltello, che cadde sul pavimento e scivolò fuori dalla sua portata.

«Scott! No! Stargate...»

Scott piazzò un gancio destro sotto il mento dell'uomo, interrompendolo. Se l'urlo dell'assassino aveva lo scopo di distrarre Scott, non funzionò. Ovviamente l'uomo sapeva il suo nome e che era un agente dello Stargate. Dopotutto, era venuto per uccidere Scott.

Prima che Scott potesse sferrare un altro colpo, il suo aggressore alzò il ginocchio e riuscì a spingere Scott di lato, sbattendolo contro il divano.

«Fermati, Scott!», sbottò l'estraneo, saltando in piedi. «Non sono il tuo nemico! Sono...»

Scott era già in piedi e si lanciò ancora una volta contro l'assassino. «Avresti potuto fregarmi», sibilò tra i denti stretti, mentre sferrava un calcio rotante, seguito da un colpo alla tempia dell'uomo.

Ma l'assassino non era un sacco da boxe, e si difese bloccando il pugno successivo e schivando il calcio che seguì.

«Cazzo, Scott! Non sono qui per farti del male!»

Scott si lasciò sfuggire una risata amara, ma per la prima volta notò che l'assassino non sembrava armato. Era venuto senza una pistola o un coltello? «Vaffanculo!»

Scott sbatté il pugno sullo stomaco dell'uomo, facendolo piegare in due, per un secondo. Il tempo sufficiente perché Scott si tuffasse alla ricerca del coltello che era atterrato sul bordo del tappeto. Si allungò per raggiungerlo e le sue dita stavano già toccando il manico quando fu strattonato all'indietro. Rotolò sulla schiena e scalciò le gambe contro l'aggressore, catapultandolo indietro. Ma l'aggressore continuò a colpire. Questa volta atterrò con una forza tale che l'impatto fece scivolare Scott sul pavimento di legno cerato, avvicinandolo al coltello.

Scott allungò la mano sopra la testa e, senza guardarlo, le sue dita trovarono un punto d'appoggio e afferrarono il manico. Scott si girò su un fianco e si sollevò sul suo aggressore, facendo oscillare il braccio in avanti per puntare il coltello al collo dell'assassino.

«Questa è la vendetta per aver ucciso Sheppard!».

Gli occhi dell'assassino si spalancarono, mentre il coltello si dirigeva verso di lui. «Stargate alzati! Stargate alzati!»

Il comando fece andare a Scott il cuore in gola. Si bloccò. Nessuno, a parte i membri del programma Stargate, conosceva il comando. Era destinato all'identificazione, solo in caso di emergenza. E Scott sapeva da Sheppard che questo particolare comando non era mai stato messo nero su bianco. Non era presente negli archivi o nei registri ufficiali del programma. Solo un altro agente Stargate poteva conoscerlo.

L'assassino respirò a fatica, continuando a fissare il coltello che si era fermato a meno di un centimetro dalla sua carotide. «Sono Zulu. Faccio parte di Stargate, proprio come te».

Il respiro di Scott uscì dai polmoni in ansimi irregolari. «Merda!» Fissò l'uomo che si era identificato come Zulu, un nome in codice della lista che Sheppard gli aveva fatto memorizzare. Non c'era minaccia, negli occhi dell'uomo, quando incontrò lo sguardo di Scott. Tenendo ancora in mano il coltello, si appoggiò sulle ginocchia, togliendo un po' di pressione dal suo prigioniero.

«Perché cazzo non hai usato subito il codice di emergenza?»

«Ci stavo provando, ma tu continuavi a interrompermi con quei ganci feroci». Si strofinò il mento. «Bel lavoro, amico».

«Piantala con le stronzate e dimmi cosa vuoi!» Era ancora nervoso, non era ancora sicuro che lo sconosciuto fosse chi diceva di essere. Involontariamente, si strofinò la nuca con la mano libera, come se potesse liberarsi della strana sensazione di prurito.

Zulu indicò il collo di Scott. «Il formicolio che senti è un segno di riconoscimento fra simili».

Stupito, Scott lasciò cadere la mano. «Come hai…»

«Lo sento anch'io. Ecco perché ho dovuto avvicinarmi a te di nascosto. Dovevo essere sicuro, prima di farmi vedere da te. La mia capacità di percepire un'altra persona della mia specie non è molto forte. Devo essere fisicamente vicino a qualcuno, per sentirlo. Era l'unico modo per confermare che sei un agente Stargate».

Scott si dondolò sui talloni e si alzò, facendo un cenno a Zulu, che lo seguì e si alzò in piedi. «Questo non spiega ancora come mi hai trovato e cosa vuoi».

«Il nostro nemico è in movimento. Un assassino è venuto a cercarmi a Seattle, non molto tempo fa. E chiunque l'abbia mandato sta cercando anche gli altri. Tu potresti essere il prossimo».

«Cosa è successo a quello che ti ha seguito?».

«L'ho ucciso».

«Ma pensi che ce ne siano altri?».

«Sì. Chiunque abbia distrutto il programma Stargate e ucciso Sheppard non ha finito. Altrimenti non avrebbe mandato un assassino a cercarmi».

«Lo Stargate è chiuso, finito. Non sappiamo nemmeno chi sia ancora vivo. Per quanto ne sappiamo, siamo solo io e te».

«Non ci credo. Non *voglio* crederci».

«Beh, non sempre otteniamo ciò che vogliamo. Indovina un po'? Non era così che volevo che mio padre mi lasciasse, inviandomi un messaggio. Stargate disattivato», sbottò Scott, ricordando il messaggio mentale che aveva ricevuto da Sheppard.

Il mento di Zulu si abbassò. «Sei tu, quello giusto. Sei il figlio di Sheppard. Si diceva che avesse un figlio maschio. Quindi è vero. Tu sei quel bambino».

Scott rimase in silenzio, incapace di trovare le parole giuste per rispondere. Alla fine, disse: «Sono Ace».

Zulu gli offrì la mano. «Il mio vero nome è Eric. È un piacere conoscerti, finalmente».

Scott si accorse improvvisamente di avere ancora in mano il suo coltello. Lo inguainò e poi strinse la mano di Zulu. «Come mi hai trovato?»

«La tua premonizione. Hai agito di conseguenza. Quando ho visto il notiziario su quel treno che si è scontrato con lo scuolabus, ho capito che dovevi essere un agente Stargate. Ho seguito gli indizi sulla tua moto e poi sulla giornalista che era sull'autobus. Non è stato difficile seguirti fino a St. Louis. Quella giornalista si stava praticamente lasciando dietro una scia di briciole di pane».

Scott sbuffò. Era contento di essersi liberato dell'auto e del telefono di Phoebe fuori da St. Louis.

«Ma poi è diventato più difficile. Tuttavia, sono stato fortunato».

«Come mai?»

«La tua Ducati è una bell'equipaggiamento. La gente la nota. Sono riuscito a capire dove eri diretto. Ma ho perso le tracce fino a poco fa, quando ti ho visto parcheggiare la moto fuori da quella tavola calda. Ti ho seguito».

«Non ti ho visto, e credimi, ho guardato».

Zulu ridacchiò. «Lo so. È per questo che ho fatto in modo che Tess ti seguisse. Attira meno sospetti di me».

Scott sollevò un sopracciglio. «Non sapevo che ci fossero membri femminili, nello Stargate».

«Non fa parte di Stargate. È la mia ragazza». Si mise la mano in tasca. Immediatamente Scott si irrigidì.

«Mi dispiace», disse Zulu, scusandosi. «La chiamo e basta». Aprì il suo iPhone e avviò una chiamata. Un attimo dopo disse: «Ehi, Tess. La costa è libera. Puoi entrare. Usa l'ingresso posteriore». Disconnesse la chiamata e rimise il telefono in tasca.

«La tua ragazza sa chi sei?»

Zulu annuì. «Mi fido ciecamente di lei».

Scott sentì le parole e capì che anche lui conosceva qualcuno di cui si fidava ciecamente: Phoebe.

Pochi istanti dopo, si sentì un rumore alla porta della cucina. Zulu andò avanti e Scott lo seguì. Una giovane donna bionda si trovava in cucina e nel momento in cui Zulu la raggiunse, lei lo abbracciò. Scott la riconobbe immediatamente. Era la donna che gli era passata accanto quando si era allacciato la scarpa.

«Ero così preoccupata», mormorò.

«Va tutto bene, tesoro». Girò la testa verso Scott. «Vero, Scott?»

«A parte il fatto che mi sto preparando per l'arrivo dell'assassino». Lanciò un'occhiata al suo orologio da polso.

«Come fai a sapere che sta arrivando?».

«Ho lanciato un'esca attraverso il Deep Web».

Zulu fece un cenno in direzione della sala da pranzo. «Quindi è questo che avevi intenzione di fare con la roba sul tavolo».

Scott annuì. «Se fossi arrivato un po' più tardi, saresti andato in fumo».

«Per fortuna che sono mattiniero. Vuoi una mano?»

«Certo». Poi Scott fece un cenno a Tess. «Piacere di conoscerti, Tess. Ma non credo che questo sia un posto adatto a te in questo momento».

Zulu accarezzò le nocche sulla guancia di Tess. «Ha ragione, Tess. Dovresti andare in un posto sicuro».

«Preferisco non essere sola».

«È meglio così».

Scott fece un passo verso di lei. «Non dovrai stare da sola. Dovresti andare dove Phoebe mi sta aspettando».

La fronte di Zulu si aggrottò. «Phoebe? Stai parlando della giornalista di Chicago?»

Scott annuì.

«È ancora qui? Non l'hai mollata? Ma se lei...»

«Non mi tradirà».

Per un attimo Zulu non disse nulla, si limitò a guardarlo. «Come fai a saperlo?»

«Quello che c'è tra noi... è speciale. Mi fido ciecamente di lei».

Zulu emise un respiro. «Spero che non sia il tuo cazzo a parlare».

«Non è diverso dal fatto che tu racconti alla tua ragazza tutti i nostri segreti», ribatté Scott.

«Scommetto che conosco Tess da molto più tempo di quanto tu conosca questa Phoebe».

«Cosa stai insinuando?»

«State zitti, tutti e due!» Tess li interruppe, appoggiando le mani sui fianchi. «Questa non è una gara a chi si fida di più della propria ragazza». Poi si rivolse a Scott. «Allora, dove la trovo?».

«Te lo scrivo». Prese un blocco dal bancone della cucina e iniziò a scarabocchiare. Poi alzò lo sguardo e passò il foglio a Tess. Quando Tess si voltò, lui la fermò. «Aspetta, prima devo scriverle un biglietto. Le ho dato istruzioni di non fidarsi di nessuno. Dovrà sapere che ti ho mandato io».

Scarabocchiò alcune righe su un foglio di carta e lo firmò, prima di porgerlo a Tess. Lei lo guardò, poi lo guardò con aria interrogativa.

«Scott '*non capiresti*' Thompson?»

Lui si strinse nelle spalle. «È una battuta fra noi. La capirà». Dopotutto, nel suo primo biglietto le aveva detto che non avrebbe capito, e sperava che Phoebe facesse il collegamento e capisse che questo biglietto era legittimo.

Dopo i saluti di Zulu e Tess, Scott entrò nel soggiorno. Zulu lo seguì.

Zulu si sfregò le mani. «Allora, prepariamo qualche bel petardo per il nostro ospite. Almeno questa sarà un'esplosione che non dovrò prevenire».

Scott gli lanciò un'occhiata con la coda dell'occhio. «Cosa vuoi dire?»

«TI capita di avere delle premonizioni che si ripetono continuamente?»

Una premonizione gli venne subito in mente. Una premonizione che gli era capitata solo in sogno, non come le altre che aveva avuto da sveglio. «Già. E non posso farci nulla. Ci sono cose che non possiamo evitare che accadano».

«Non posso accettarlo», disse Zulu, improvvisamente agitato. «Non posso proprio. Ci sono troppe vite in gioco. Ogni volta che succede, ogni volta che lo vedo, mi scuote nel profondo. L'esplosione... è così potente che mi fa cadere a terra. Sento il calore, il bruciore, la pelle che si scioglie».

Il battito cardiaco di Scott accelerò. Si appoggiò al tavolo e la nausea lo colpì all'improvviso. «Merda!»

«Cosa?» Ci fu una fitta di panico, nella voce di Zulu, mentre i suoi occhi si muovevano nella stanza, come se percepissero un pericolo.

Scott cercò gli occhi del suo collega agente Stargate. «Vedo me stesso correre verso l'esplosione. Vedo i sei Marine che trasportano la bara. Vengono inceneriti. Non riesco a fermarli».

«Sei Marine? Non li vedo».

«Ma vedi l'esplosione».

Zulu annuì. «Sì, ma ci sono quattro veicoli diplomatici neri. Percorrono una strada cittadina deserta. Come se le strade fossero state isolate. Potrebbe essere a Washington. Ma non c'erano persone da nessuna parte. Corro verso le auto per avvertirle, ma non si fermano. E poi l'esplosione».

«Quattro auto?»

«SUV. Deve avere un significato».

«Non ci sono SUV, nella mia premonizione. Solo l'esplosione e i sei Marine che trasportano la bara avvolta da una bandiera americana».

«Ma sembra comunque che si tratti dello stesso evento. Forse lo vediamo da un'angolazione diversa?» Disse Zulu.

Scott gli mise una mano sull'avambraccio, fermandolo. «Ma non è la stessa cosa. Non vedo i SUV».

«Ma tu vedi tutto il resto. È sempre la stessa premonizione, solo che entrambi vediamo parti diverse».

Scott si prese un attimo per digerire la rivelazione. Perché sia lui che Zulu avrebbero visto lo stesso evento futuro? Fissò il suo collega agente Stargate e un pensiero lo travolse all'improvviso. «Pensi che gli altri agenti Stargate vedano lo stesso?»

«È una possibilità».

Scott annuì. «Non sono mai riuscito a capire quando e dove si svolgerà questo evento. Mi ha perseguitato il fatto di non poter fare nulla al riguardo».

«Stai pensando quello che penso io?»

«Dobbiamo trovare gli altri. Forse possono aiutarci a capire cosa dobbiamo prevenire».

Zulu sorrise. «Una volta eliminato lo stronzo che ti sta cercando, cercheremo gli altri».

«Affare fatto».

21

Scott l'aveva portata al motel solo un'ora prima e già Phoebe camminava avanti e indietro nervosamente. Non le aveva spiegato cosa stava cercando di organizzare. E in questo momento desiderava di avere insistito di più perché Scott le dicesse come intendeva far uscire allo scoperto l'assassino e sconfiggerlo. Non saperlo la rendeva nervosa.

Aveva bisogno di qualcosa per calmarsi. Aveva bisogno di parlare con qualcuno, non per parlare di Scott o di quello che stava succedendo, ma semplicemente per sentire la voce di un'altra persona. E c'era una persona che riusciva sempre a calmarla: suo padre.

Phoebe si sedette sul letto e prese il telefono sul comodino. Conosceva a memoria il numero di cellulare di suo padre, ma sapeva di non poterlo chiamare. Aveva visto abbastanza thriller e film di suspense da sapere che se qualcuno la stava davvero usando per arrivare a Scott, a quest'ora avrebbe scoperto chi fosse la sua famiglia e avrebbe messo sotto controllo i loro telefoni. Considerando che Scott era un ex agente della CIA, doveva presumere che i suoi nemici avessero a disposizione ogni tipo di risorsa per trovarla.

Stava ancora cercando di assimilare tutto: Scott aveva capacità precognitive e faceva parte di un programma segreto della CIA. Ci credeva, perché spiegava molte cose. Ma l'intera situazione la rendeva nervosa e temeva per la vita di Scott. Pensare che vivesse in pericolo ogni singolo giorno le faceva male al cuore. E rendersi conto di aver contribuito a rendere più facile ai suoi nemici trovarlo, mettendo quello stupido localizzatore GPS sulla sua moto la inondava di rammarico.

Ma c'era una cosa che non poteva rimpiangere: le volte che avevano fatto l'amore. Sentiva una vicinanza con lui, un legame che sembrava impossibile, visto che si conoscevano da così poco tempo. Eppure, era lì e sapeva che si stava innamorando di lui. Allo stesso tempo, sapeva istintivamente che la loro relazione non aveva futuro. Lui era in fuga. Scott non aveva bisogno che lei lo rallentasse.

Con un sospiro, chiamò le informazioni e ottenne il numero che desiderava. Lo compose.

«Polizia di Nashville, come posso indirizzare la sua chiamata?» Rispose una donna.

«Christopher Chadwick, per favore». Ci fu un clic sulla linea e lei aspettò. Sapeva che era sicuro chiamare il posto di lavoro di suo padre e passare attraverso il centralino, invece che comporre il suo interno. Nessuno avrebbe potuto scoprire chi avesse chiamato e non c'era modo di intercettare i telefoni del dipartimento di polizia.

«Mi dispiace, signora, il signor Chadwick è già andato via, per oggi. Vuole che la passi alla sua segreteria telefonica?»

«No, grazie. Non c'è problema». Disconnesse la chiamata, delusa, ma per nulla sorpresa. Suo padre non era un agente di polizia; era un addetto alle pubbliche relazioni e ai contatti con la stampa, che era stato assunto per i suoi legami con la stampa. Era stato assunto per migliorare l'immagine del dipartimento di polizia e faceva un lavoro con orario dalle nove alle cinque.

Forse era meglio che non ci avesse parlato. Dopotutto, suo padre le avrebbe probabilmente chiesto dove fosse e cosa stesse succedendo. Forse aveva già provato a chiamarla al cellulare e aveva capito che qualcosa non andava.

Un colpo alla porta la strappò dai suoi pensieri e la fece balzare in piedi. Aveva il cuore in gola. Aveva tirato le tende, in modo che nessuno potesse guardare dentro la stanza, ma si sentì comunque osservata, all'improvviso.

Chi c'era, alla porta?

In punta di piedi si avvicinò e guardò nello spioncino.

Phoebe sobbalzò all'istante. Fuori dalla porta della sua stanza di motel c'era un agente di polizia vestito con un'uniforme nera.

Merda!

Le mani le tremarono. Doveva aprire la porta? O doveva fingere di non essere in camera?

Un altro colpo, accompagnato da una voce maschile le fece quasi mancare il fiato. «Signorina Chadwick? Polizia di Memphis, per favore apra la porta».

Sapeva chi era. *Oh, Dio!* C'era qualcosa che non andava.

La sua mano era sudaticcia, quando girò la maniglia e aprì la porta a metà. «Sì?»

L'agente di polizia annuì gentilmente. «Mi dispiace disturbarla, signora. Lei è la signorina Phoebe Chadwick?»

Lei annuì esitante.

«Sono l'agente Grant. Posso entrare?»

Phoebe diede un'occhiata al nome sulla sua uniforme, ma continuò a bloccare la porta. «Di cosa si tratta?»

«Temo di avere brutte notizie». Guardò alla sua sinistra e poi alla sua destra. «Preferirei non farlo qui fuori. Credo che sarebbe meglio se si sedesse, per questo». Un sorriso rammaricato gli attraversò il viso.

Il cuore le si strinse all'istante. Inciampò all'indietro, mentre l'agente Grant entrava e chiudeva la porta alle sue spalle. Diede un'occhiata alla stanza.

«È sola, signorina Chadwick?».

Lei annuì, intontita.

«Per favore, perché non si siede?» La sua voce era calma e gentile.

«Rimango in piedi. Per favore, mi dica cosa c'è che non va». Si aggrappò allo schienale della sedia per bilanciarsi.

«Signora, mi dispiace doverglielo dire, ma c'è stato un incidente. Conosce un uomo di nome Scott Thompson?»

Il suo cuore si fermò, rifiutandosi di pompare sangue nelle vene, mentre un brivido freddo le percorse la schiena. Le sue labbra tremarono e nessuna parola uscì dalla sua bocca improvvisamente secca.

«Signora?» Le chiese il poliziotto.

Phoebe annuì semplicemente.

«Temo che il signor Thompson sia stato coinvolto in un incidente. I paramedici hanno confermato che è morto sul colpo».

Un singhiozzo le strappò il petto. Si sbatté una mano sulla bocca per trattenere l'urlo che le stava nascendo dentro. Le lacrime le salirono agli occhi. «No! No!»

Il poliziotto le prese il braccio e la spinse verso il letto, facendola sedere. «Mi dispiace molto. È ovvio che lui significava molto per lei».

Phoebe ansimò in cerca d'aria, ma non fece altro che produrre altri singhiozzi. «Come?» Esclamò, alzando lo sguardo verso di lui. Come poteva Scott essere morto? Era vivo solo un'ora prima.

L'agente Grant tirò fuori un piccolo quaderno nero e una penna. «È qui che le cose si complicano. Mi dispiace doverlo fare in un momento come questo, ma per sapere con cosa abbiamo a che fare, dobbiamo scoprire esattamente cosa è successo prima dell'incidente. Ecco perché dovrò farle alcune domande».

Lei aggrottò la fronte. «Quali domande?»

«Abbiamo bisogno di conoscere l'esatta cronologia. Può dirmi cosa è successo, quando ha visto per l'ultima volta il signor Thompson? Non tralasci nulla, per favore. Potrebbe essere fondamentale per la nostra indagine».

Phoebe scosse la testa incredula. «Ero con lui, oggi. Non posso credere che sia morto. No, non può essere lui. Forse non è lui».

Le pose una mano calmante sulla spalla. «Mi dispiace, signorina Chadwick. So quanto deve essere difficile, per lei».

Lei abbassò la testa. Le sfuggì un altro singhiozzo e si strofinò gli occhi con la mano, asciugando le lacrime. Fissò il pavimento, l'agente di polizia in piedi a mezzo metro da lei. Il bianco delle sue scarpe quasi la accecò e sollevò lo sguardo sui suoi pantaloni neri, il cui colore le tranquillizzava gli occhi. Ma prima che potesse riportare lo sguardo sul suo viso e rispondere alla sua domanda, i suoi occhi tornarono ai suoi piedi senza che lei lo potesse impedire.

Scarpe bianche, anzi, scarpe da ginnastica bianche. Phoebe conosceva abbastanza le uniformi della polizia per sapere che non erano accompagnate da scarpe sportive bianche.

Il suo battito cardiaco accelerò. Quest'uomo non era un agente di polizia. E ora che aveva alzato gli occhi per scorrere sulle sue gambe e sul suo busto, notò che i suoi pantaloni erano un po' troppo stretti, come se fossero di una taglia in meno.

Merda!

Due pensieri si scontrarono nella sua mente. Uno era confortante, l'altro spaventoso: Scott era vivo, ma l'uomo che le stava davanti era l'assassino che lo stava cercando.

«Signorina Chadwick?» Le chiese ancora una volta, con voce ancora gentile. Ma ora sapeva che era tutto uno stratagemma per farle rivelare dove si nascondeva Scott.

Phoebe sollevò la testa e si fece coraggio per rispondergli. «Le va bene se vengo alla stazione di polizia più tardi e rispondo alle sue domande? Mi dispiace. Sono così confusa, in questo momento».

Gli occhi dello sconosciuto si strinsero, poi abbassò lo sguardo sul pavimento. Quando il suo sguardo si posò nuovamente su di lei, il suo atteggiamento era cambiato. La gentilezza nei suoi confronti aveva lasciato il posto a una freddezza a cui lei non era preparata.

«Sei una donna perspicace, vero?» Indicò le sue scarpe da ginnastica bianche. «Temo che le scarpe del tizio fossero un paio di numeri troppo piccole».

Prima che lei potesse rispondere, lui saltò e la bloccò sul materasso. L'aria le uscì dai polmoni.

«Quindi è meglio che tu parli o andrai incontro allo stesso destino dell'agente Grant».

Una fredda paura la attanagliò. Sapeva istintivamente che il poliziotto era morto. Ucciso a sangue freddo dall'uomo che la stava trattenendo. E per quale motivo? Solo per poter prendere la sua uniforme e ingannarla.

«Dov'è Scott Thompson?» Esclamò lui a denti stretti.

«Non lo so!» Mentì.

Lui la schiaffeggiò con il dorso della mano, facendole sbattere la testa di lato. Il dolore la punse e le fece scendere nuove lacrime negli occhi.

«Mi ha lasciato qui. Non mi voleva più tra i piedi».

«Puttana bugiarda!»

Non voleva rivelare il nascondiglio di Scott. Era passata solo un'ora, da quando l'aveva lasciata al motel. E secondo le parole di Scott, gli sarebbero servite due o tre ore, per prepararsi all'assassino. Se il suo aggressore si fosse presentato a casa troppo presto, per quanto ne sapeva, avrebbe sorpreso uno Scott impreparato. No, non poteva rischiare. Gli doveva troppo. Doveva prendere tempo, con quest'uomo. «Come mi hai trovato?»

«Questo è irrilevante!» Rispose lui e si spinse di più contro il suo petto, con tutto il suo peso che ora spremeva l'aria dai suoi polmoni. «Dov'è?»

Phoebe strinse le labbra.

«Bene! Fai come vuoi».

Lui saltò in piedi e la girò a pancia in giù così velocemente che lei non poté opporre resistenza. Quando sentì il freddo acciaio delle manette intorno ai polsi e il corrispondente clic di lui che le bloccava, scalciò con le gambe per cercare di scappare, ma senza successo.

«Beh, vediamo», lo sentì dire e girò la testa di lato.

Lo guardò rovistare nella sua borsa e poi gettarne il contenuto sul letto, grugnendo tra sé e sé, ma senza trovare nulla di valore.

«Niente cellulare?» Chiese lui, stringendo di nuovo gli occhi. Poi lanciò un'occhiata al comodino.

Si avvicinò e sollevò il ricevitore. «Mi sembrava di averti sentito parlare con qualcuno, prima che io bussassi. Beh, vediamo con chi stavi parlando, che ne dici?»

Premette il tasto di ricomposizione e aspettò.

Presa dal panico, Phoebe respirò a fatica. Quando un attimo dopo mise giù il ricevitore, le lanciò un'occhiata. «Chi c'è, a Nashville? Perché stavi chiamando la polizia?»

«Nessuno». Non voleva coinvolgere suo padre in questa storia.

«È lui, vero? Scott è andato a Nashville».

«No!»

«Beh, indovina dove andiamo io e te adesso?»

«No!» Doveva rimanere qui. Non poteva permettere a quest'uomo di trascinarla a Nashville. Doveva solo bloccarlo per il tempo necessario affinché Scott fosse pronto a combatterlo. «Scott non è a Nashville. È qui. A Memphis. Ti dico io dove». Lo avrebbe costretto a guidare per la città per un'ora, prima di condurlo alla casa dove lei e Scott avevano alloggiato.

L'assassino emise una risata amara. «Certo che lo farai». La tirò su per le manette. «Quando saremo a Nashville».

Phoebe inciampò sui suoi stessi piedi, mentre lui la trascinava verso la porta. Cercò di scappare e andò a sbattere contro la sedia, facendola cadere. Lui la tirò indietro, ringhiando contro di lei.

«No! Ti prego, stai commettendo un errore. Scott è qui. È a Memphis».

«Puttana!»

Il suo pugno si diresse verso il suo viso così velocemente che non ebbe modo di evitare il colpo. L'impatto le fece sbattere la testa di lato, ma sentì a malapena il dolore perché l'oscurità scese su di lei.

Noooo!

Ma il suo urlo non uscì mai dalla gola.

22

Scott guardò gli IED, gli ordigni esplosivi improvvisati, che giacevano sul tavolo della sala da pranzo. «È stato molto più veloce di quanto sperassi. Grazie per l'aiuto».

Zulu sorrise. «Qualsiasi cosa per una buona causa».

«Mettiamo in moto questo spettacolo».

Scott stava prendendo uno dei dispositivi esplosivi fatti in casa quando squillò il telefono di Zulu.

Zulu lo tirò fuori dalla tasca e guardò il display. Accigliato, rispose. «Tess? C'è qualcosa che non va?»

Immediatamente, Scott si bloccò e guardò Zulu che ascoltava con attenzione.

«Merda!» Zulu imprecò e incontrò lo sguardo indagatore di Scott.

Il disagio si insinuò nella spina dorsale di Scott. «Cosa?»

Zulu alzò la mano e disse a Tess: «Torna subito indietro. Assicurati che nessuno ti segua». Poi riattaccò.

«Cosa sta succedendo? Perché sta tornando?»

«Tess è arrivata al motel. Ha trovato la porta della stanza di Phoebe aperta».

Il cuore di Scott si fermò.

«La stanza era vuota. C'erano segni di lotta. E la sua borsetta era stata svuotata sul letto».

Una mano gelida gli avvolse il cuore e gli tolse l'aria. «Merda! Ha preso Phoebe. L'assassino ha preso Phoebe». Scott si passò una mano tremante tra i capelli, mentre la sua mente faceva gli straordinari alla ricerca di una soluzione.

«Non puoi saperlo», disse Zulu, cercando di calmarlo.

Scott lo fulminò con lo sguardo. «Ma io *lo* so! L'ho visto arrivare. Ho visto le sue mani intorno al collo di lei».

«Ah, merda! Hai avuto una premonizione? Allora perché l'hai lasciata sola?»

«L'ho lasciata perché pensavo che fosse al sicuro, a Memphis. Non doveva succedere qui. Ecco perché ho preparato l'esca per intrappolarlo qui. Così non avrebbe mai avuto la possibilità di arrivare a lei. Stavo cercando di impedire che la premonizione si avverasse».

«Sai dove dovrebbe accadere?».

Scott annuì. «La porterà a Nashville. E quando si renderà conto che non sono lì e che Phoebe non gli dirà dove trovarmi, la strangolerà». Questo pensiero lo raggelò fino alle ossa. Incontrò gli occhi di Zulu. «È colpa mia. È in pericolo per colpa mia. Devo raggiungerla, prima che la uccida».

«Nashville?» Chiese Zulu.

«Sì, perché?»

«Tess ha premuto il tasto di ricomposizione del telefono nella stanza di Phoebe. Ha chiamato il dipartimento di polizia di Nashville».

«Merda, pensi che l'assassino stesse cercando di chiamare qualcuno lì?».

Zulu scosse la testa. «Avrebbe usato un telefono usa e getta. È più probabile che Phoebe abbia cercato di chiamare qualcuno lì. Conosce qualcuno a Nashville?».

«Non lo so. Non mi ha mai detto nulla».

«Non preoccuparti. Mi informerò mentre siamo in viaggio. Andiamo».

Quando Tess tornò con l'auto, Scott e Zulu avevano impacchettato tutto il materiale incriminante, comprese le bombe fatte in casa. Pochi istanti dopo, salirono in macchina e Tess lasciò Scott alla tavola calda dove aveva parcheggiato la sua moto. Scott si allontanò in fretta, ignorando tutte le regole del traffico, mentre Tess e Zulu lo seguivano in auto.

Era quasi mezzanotte, quando raggiunsero Nashville. A una stazione di servizio, Scott accostò e aspettò che Tess e Zulu si fermassero accanto a lui. Tess stava guidando e Zulu abbassò il finestrino. Sulle gambe teneva in equilibrio un computer portatile collegato al cellulare.

«Cos'hai trovato?» Chiese Scott, pregando che le informazioni che aveva dato a Zulu prima di partire avessero dato i loro frutti. Gli aveva fornito i dettagli dell'ambiente che aveva intravisto nella sua visione, in modo che Zulu potesse trovare il luogo in cui l'assassino teneva prigioniera Phoebe.

«Ho cercato su Google Maps. Credo di aver trovato qualcosa che corrisponde alla tua descrizione», disse.

«Fammi vedere». Scott avvicinò la testa e Zulu inclinò lo schermo in modo che Scott potesse vederlo attraverso il finestrino aperto.

«Qui». Zulu indicò un punto della vista stradale di Google Maps. «Hai detto di aver visto una torre con la scritta AT&T. Ci sono numerose angolazioni da cui puoi vederla. È in centro. Ti sembra familiare?»

Scott osservò la scena sul monitor. Con il dito, passò sul touchpad, spostando le immagini in modo da avere una visione a 360 gradi dell'area. «Deve essere da qualche parte vicino al Centro Congressi. Forse a Broadway o a Commerce Street. Si trovava a un piano alto, forse il quarto o il quinto. Forse un albergo. Hai trovato altro su chi Phoebe potrebbe conoscere a Nashville?»

Zulu annuì. «È cresciuta qui. E indovina un po'? Suo padre lavora per la polizia».

«È un agente di polizia?»

Zulu scosse la testa. «No, è un addetto alle pubbliche relazioni assunto dalla polizia. Lavora al distretto del centro, una stazione sulla Broadway. Sembra che Phoebe stesse cercando di contattarlo lì».

«L'assassino deve aver pensato che stava cercando di contattare me».

«È strano, ma è una possibilità. Soprattutto perché sembra che il tuo messaggio al Deep Web non sia stato inviato in orario».

Scott fissò Zulu incredulo. «Cosa?»

«Sì, ho controllato un'ora fa e la pubblicazione è avvenuta alle 18:00 *ora del fuso orario del Pacifico*, non di quello Centrale. Credo che il tuo uomo abbia fatto casino».

«Merda, non mi stupisce che l'assassino non si sia presentato a casa». Imprecò. «Andiamo. Puoi provare a vedere se riesci a contattare il padre di Phoebe?»

«Lo farò».

«Non...»

Zulu sollevò la mano. «Non preoccuparti. Conosco la procedura. Mi assicurerò che non sospetti nulla».

«Grazie. Seguimi».

Scott girò il manubrio e si allontanò. Era già stato a Nashville, una volta, e sapeva come arrivare in centro. L'assassino non poteva avere più di un'ora di vantaggio, se non di meno. Dopotutto, avevano fatto tutta la strada da Memphis a rotta di collo ed erano arrivati a tempo di record.

PHOEBE GEMETTE. Il viso le faceva male per il colpo dell'assassino, ma per il resto era illesa. Tuttavia, non aveva alcuna possibilità di fuga. Era ancora ammanettata. Inoltre, era seduta sul sedile posteriore di un'auto della polizia. Dovette ammettere che l'assassino era stato furbo. Anche se avesse cercato di attirare l'attenzione su di sé gesticolando con i passanti mentre attraversavano Nashville, nessuno avrebbe mosso un dito per aiutarla. Dopotutto, probabilmente avrebbero pensato che fosse una criminale. Altrimenti perché sarebbe stata nel retro di un'auto della polizia?

Rimase in silenzio, contemplando la sua prossima linea d'azione, quando squillò un cellulare. L'assassino rispose.

«Sì?»

Fece una breve pausa, poi rispose, «Ho la giornalista... No, ma lo avrò a breve. È a Nashville... Non preoccuparti, farò tutto come mi hai ordinato... Sì, anche la donna. Nessuna questione in sospeso».

Un brivido le attraversò le ossa, ma lo respinse, sapendo che doveva rimanere forte, se voleva sopravvivere.

Il suo rapitore chiuse la chiamata e ripose il telefono nella tasca della giacca. Lei ne prese nota. Forse più tardi avrebbe avuto l'opportunità di rubarlo e chiedere aiuto. Phoebe fissò fuori dal finestrino. Il centro della città era pieno di turisti che si godevano la vita notturna.

Il suo rapitore lasciò la trafficata Broadway e imboccò una strada secondaria. Un isolato più avanti, entrò in un garage e salì al quinto livello. Si fermò nel primo posto libero e spense il motore.

Si girò a guardarla, prima di uscire dall'auto. Per un attimo si chiese se l'avrebbe lasciata chiusa nell'auto della polizia, ma non fu così fortunata. Lui aprì la portiera e la raggiunse, tirandola fuori. Non potendo usare le mani per bilanciarsi, inciampò sui suoi stessi piedi e cadde in avanti. Lui la afferrò e la tirò su.

«Andiamo!» Sbottò. «Una parola sbagliata e sei morta. Siamo d'accordo?»

Lei poté solo annuire. A giudicare dal luccichio malvagio dei suoi occhi, non c'era dubbio che avrebbe messo in pratica la sua minaccia.

«Bene». La girò, togliendole le manette, solo per ammanettarle di nuovo le mani, questa volta sul davanti. Poi estrasse il cellulare dalla giacca e glielo spinse fra le mani. «Chiamalo! Digli che hai bisogno di vederlo!»

Phoebe fissò il telefono tra le mani, esitando. Non aveva il numero di Scott. Lui non glielo aveva mai dato. In effetti, non l'aveva mai visto usare un cellulare.

L'assassino avvicinò il suo volto a quello di lei, fissandola. «Non pensare che io sia stupido! So che è da qualche parte in questa città. E tu lo porterai da me. Ora!»

«Dove vuoi che lo faccia andare?» Chiese lei, cercando di prendere tempo.

La trascinò fino al limitare dell'edificio, dove una leggera brezza soffiava oltre le colonne di cemento che reggevano la struttura, e le indicò un palazzo di fronte. «Fallo andare al bar sul tetto di Tootsies».

Phoebe guardò all'angolo della strada. Il tetto di un edificio a due piani era pieno di attività. Almeno tre o quattro dozzine di persone stavano festeggiando. Da dove lei e l'assassino si trovavano, avevano una chiara linea di visuale. Qualsiasi tiratore scelto degno di questo nome avrebbe colpito il suo bersaglio, a questa distanza.

Tremando, compose il numero del Dipartimento di Polizia di Nashville. Prima che la chiamata si connettesse, il suo rapitore premette il tasto dell'altoparlante, stringendo gli occhi in modo sospettoso.

«Dipartimento di polizia di Nashville, come posso indirizzare la sua chiamata?» Rispose una voce femminile.

«Agente Thompson, per favore». Phoebe incrociò le dita, sperando che il cognome di Scott fosse abbastanza comune da far sì che ci fosse un agente Thompson nel dipartimento di polizia di Nashville.

«Un momento, per favore».

L'assassino la fissò. «Ricorda, una sola parola sbagliata». La minaccia era chiara.

Il cuore le fece male, il senso di colpa le salì dalle viscere. Stava per mettere un uomo innocente in pericolo.

«Thompson», rispose un uomo.

«Scott, ascolta, sono io, Phoebe. Ho bisogno di vederti subito».

«Come, scusi? Non sono S...»

«Per favore, non dire nulla; so che non puoi parlare liberamente. Ascolta e basta. Vieni al bar sul tetto di...»

Un colpo in faccia tagliò l'ultima parola, mentre la linea cadeva.

«Brutta puttana! Quello non era Scott! Era un vecchio». La fissò, con gli occhi che quasi gli uscivano dalla testa. «Lo troverò da solo, fottuta puttana! Non avrò più bisogno di te!»

La sbatté sul cofano dell'auto della polizia e si tuffò su di lei.

La paura la paralizzò. Sarebbe morta qui, da sola, in un parcheggio buio.

Scott fermò la Ducati al centro dell'isolato e si guardò intorno. Erano vicini alla Broadway e, nonostante l'ora tarda, le strade erano affollate di turisti e gente del posto che passavano da un bar all'altro.

La zona aveva un aspetto familiare. I suoi occhi si spostarono verso l'alto. Scrutò un edificio dopo l'altro, cercando di trovare ciò che aveva visto nella sua premonizione. Dietro di lui, Tess e Zulu si erano fermati e stavano aspettando la sua guida.

All'improvviso il lato di un edificio attirò la sua attenzione. *Tootsies*, c'era scritto. Sollevò lo sguardo. Un bar con terrazza sul tetto. L'aveva già visto prima. Si spostò freneticamente sulla moto, guardandosi alle spalle per trovare l'angolazione giusta da cui l'aveva visto. Da qualche parte, dall'alto.

Lì dietro era buio, ma riuscì a scorgere la parte alta di un edificio che sbucava da dietro un altro. Una struttura di parcheggi. Doveva essere quello.

Girò la moto, senza aspettare che Tess facesse un'inversione a U con l'auto, e sfrecciò verso l'edificio. Quando individuò l'ingresso del garage, entrò e corse da un piano all'altro.

A ogni piano di parcheggio si fermò per una frazione di secondo, trovando la vista del bar sul tetto, ma fino al quarto livello un altro edificio bloccava la vista. Accelerò fino al quinto livello, sperando in cuor suo che la sua intuizione fosse giusta e che avesse trovato il posto corretto.

Nella penombra del garage, un agente di polizia era chino sul cofano di un'auto della polizia, con il busto ostruito dall'auto stessa.

Scott si fermò, quando l'uomo sollevò la testa e si girò nella sua direzione.

Nel momento in cui i loro occhi si incontrarono, Scott capì di aver trovato il suo uomo. Anche se non aveva visto il volto dell'assassino, nella sua visione, riconosceva quando qualcuno veniva colto in flagrante. E ora vide anche le gambe che scalciavano sotto il poliziotto. Phoebe! Stava lottando per liberarsi.

«Phoebe!» Scott urlò, ma sapeva che il suo casco attutiva il suono. Accelerò e corse verso l'auto della polizia.

A poca distanza dalla macchina, sterzò e fece scivolare la Ducati a terra, mentre lui saltava giù. Mentre rotolava tra l'auto della polizia e un'altra macchina parcheggiata, vide l'assassino mollare la presa su Phoebe ed estrarre la pistola dalla fondina.

Uno sparo riecheggiò nel garage, colpendo un'auto.

Il casco di Scott gli ostruiva la visuale e gli impediva di muoversi, così lo tolse di scatto e lo lasciò rotolare fuori dal suo nascondiglio. L'assassino sparò un altro colpo, colpendo il casco e facendolo scivolare più lontano.

Scott estrasse la sua Glock dalla fondina che aveva indossato prima di entrare a Nashville. Stasera non si trattava di uccidere in silenzio, ma di uccidere rapidamente.

«Ho la tua ragazza, Thompson!» Lo avvertì l'assassino.

Un urlo di Phoebe confermò la sua affermazione.

Scott guardò da sotto l'auto e osservò i piedi di Phoebe che toccavano il suolo e quelli dell'assassino dietro di lei. La stava spingendo davanti a sé, usandola come scudo, mentre si muoveva verso la corsia oltre le auto parcheggiate.

«Vieni fuori, Thompson, o la uccido».

«Che garanzia ho che non la ucciderai comunque?»

L'assassino ridacchiò freddamente. «Nessuna».

Scott lo aveva immaginato.

«Getta la tua arma da questa parte».

Non è possibile, cazzo!

Lui e Phoebe sarebbero stati praticamente morti, se lo avesse fatto. Invece, Scott sguainò il suo coltello e lo lanciò, sfruttando i due secondi che servirono agli occhi dell'assassino per individuare l'oggetto per strisciare silenziosamente verso il cofano dell'auto della polizia, che si trovava a soli due metri di distanza dal muro dell'edificio.

«Brutta mossa, Thompson!»

Ci fu un suono.

Sapendo di avere solo una frazione di secondo, Scott si tuffò dall'altra parte dell'auto e prese la mira. L'assassino si mise di traverso con Phoebe stretta davanti a lui.

Prima che Scott potesse sparare con la sua arma, un'auto sfrecciò al quinto livello e i suoi fari brillarono proprio verso l'assassino. L'assassino si girò e lanciò Phoebe verso l'auto in arrivo, puntandole la pistola alla schiena.

Scott premette il grilletto. Il suo colpo prese l'assassino alla schiena. Mentre l'auto si fermava sgommando, l'assassino rimase in piedi. Temendo che potesse ancora riuscire a sparare un colpo a Phoebe, Scott alzò la mira. Il sangue schizzò quando il proiettile colpì l'assassino alla nuca.

Si accasciò a terra.

Scott emise un respiro affannoso. Saltò in piedi e corse verso Phoebe, terrorizzato quando la vide distesa a terra davanti all'auto di Zulu, con gocce di sangue sul retro della camicia.

Tess e Zulu stavano già saltando fuori dal veicolo, ma Scott la raggiunse per primo. Prese Phoebe tra le braccia e la girò di fronte a sé.

«Phoebe!» Gridò. «Phoebe!»

Controllò il corpo della donna alla ricerca di eventuali ferite, quando lei si agitò improvvisamente e aprì gli occhi.

«Phoebe, piccola! Stai bene?»

«Scott, sei venuto».

Sentire la sua voce, anche se un po' flebile, fece ripartire il suo cuore, che si era fermato nel momento in cui l'assassino le aveva puntato contro la pistola.

Scott la tirò al petto e le baciò il viso e la testa. «Te l'avevo promesso, vero? Avevo promesso che ti avrei trovata».

Inclinò le labbra sulle sue e la baciò dolcemente, temendo di privarla dell'ossigeno. Aveva notato il rossore sul collo, prova che l'assassino aveva cercato di strangolarla.

«Sta bene?» Chiese Zulu.

Scott alzò lo sguardo verso di lui e Tess e sentì Phoebe rabbrividire tra le sue braccia. Le accarezzò dolcemente la schiena. «Questi sono i miei amici, Eric e Tess. Mi hanno aiutato a trovarti».

Phoebe alzò gli occhi verso di loro. «Vi sono molto grata».

«Scott sta esagerando. Ti ha trovato da solo. Noi ci siamo solo uniti al viaggio». Zulu fece scivolare un braccio intorno alla vita di Tess. «Non è vero, Tess?»

Phoebe ricambiò lo sguardo di Scott, sorridendo. «Grazie». Si avvicinò per un bacio e lui accolse la sua aperta dimostrazione di affetto.

Ma sapeva che non potevano permettersi il lusso di restare in questo posto a lungo. Interruppe il bacio e solo in quel momento si rese conto che lei era ammanettata. «Togliamo queste».

Fece un cenno a Eric, che capì subito e cercò la chiave nelle tasche del morto.

«Trovata», annunciò un attimo dopo e tolse le manette a Phoebe.

Lei si strofinò i polsi. «Grazie».

«È meglio che ce ne andiamo, prima che qualcuno avverta la polizia», suggerì Scott e aiutò Phoebe ad alzarsi.

«Aspetta!» Phoebe lo fermò e indicò il corpo. «Prendi il suo cellulare. Ha ricevuto una chiamata da chi lo ha assunto poco prima che arrivassimo a Nashville».

Mentre Zulu frugava nelle tasche del morto e tirava fuori il cellulare, Scott si strinse nelle spalle di Phoebe. «Cosa ha detto?»

«Non molto. Solo che ti avrebbe trovato presto, come gli era stato ordinato. E ha promesso che non sarebbero rimaste questioni in sospeso. Sicuramente stava parlando con la persona che lo ha assunto».

«Tutto qui?»

Lei annuì. «Temo di sì. Come pensi che mi abbia trovato?»

Scott scambiò una rapida occhiata con Zulu, che stava scorrendo il display del telefono. «Qualcosa?»

«È un telefono usa e getta, come mi aspettavo». Lo sguardo di Zulu si spostò su Phoebe. «Nessun numero memorizzato, nessuna cronologia delle chiamate, niente».

«Lascialo qui, allora», consigliò Scott e guardò di nuovo Phoebe. «Per quanto riguarda la tua domanda, non so come abbia fatto a trovarti. Non avrebbe dovuto. Mi ha rintracciato. Ne ho avuto conferma tramite il Deep Web, ma non poteva sapere dove saresti stata, una volta che ti avessi lasciato al motel. Non mi ha seguito, altrimenti sarebbe venuto alla casa e avrebbe cercato di uccidermi lì».

«Allora non capisco». Phoebe lo guardò, con gli occhi confusi.

«Nemmeno io. Ma andremo a fondo della questione. Troveremo la fonte delle sue informazioni». Forse non oggi o domani, ma Scott sapeva che alla fine avrebbe scoperto come il suo nemico sapeva cose che non avrebbe dovuto assolutamente sapere.

Zulu interruppe le sue riflessioni. «Dove andiamo, adesso?»

«Mio padre possedeva una capanna nei boschi della Virginia occidentale. Nessuno lo sa».

Zulu annuì, d'accordo. «Andiamo, allora».

23

Il viaggio verso la remota zona montuosa in West Virginia durò più di nove ore. Scott aveva insistito perché Phoebe andasse in macchina con Zulu e Tess, mentre lui li seguiva sulla Ducati. Sarebbe stato troppo faticoso per Phoebe salire in moto con lui, soprattutto dopo quello che aveva passato. Almeno poteva dormire sul sedile posteriore dell'auto, anche se Scott doveva ammettere che gli mancava sentire il suo corpo premuto contro il suo e le sue braccia avvolte intorno al suo busto.

A Grafton, Scott prese il comando e guidò Zulu e i suoi passeggeri attraverso delle remote strade di montagna che si addentravano sempre più nei boschi, fino a percorrere solo sentieri non segnalati che potevano a malapena essere considerati strade. Non c'erano nomi delle vie, linee elettriche, o segni di civiltà. Ma Scott sapeva dove era diretto. Sheppard gli aveva fatto memorizzare ogni curva della strada, ogni albero e ogni ruscello. Anche se non visitava il posto da diversi anni, era sicuro che l'avrebbe trovato a occhi chiusi.

Quando finalmente vide la struttura familiare sbucare tra alberi maturi e folti cespugli, Scott tirò un sospiro di sollievo. Finalmente potevano riposare tutti.

Rallentò la Ducati e alzò la mano per fare segno a Zulu dietro di lui di fermarsi. Poi parcheggiò la moto al centro del sentiero sterrato e scese. Percorse i pochi passi che lo separavano dall'auto di Zulu. Il suo collega agente Stargate aveva già aperto il finestrino del lato guida.

«Siamo arrivati?»

Scott annuì. «Sheppard doveva sapere che un giorno avremmo avuto bisogno di un posto come questo».

«Sei certo che sia sicuro?»

«Lo sapremo tra un minuto. Aspetta qui». Guardò nel retro dell'auto e incrociò lo sguardo di Phoebe per un breve momento. Lei gli rivolse un sorriso speranzoso.

Tornando alla sua moto, aprì una delle borse laterali e rovistò nel contenuto. Trovò quello che stava cercando e ne estrasse il piccolo dispositivo portatile. Era quadrato e poco più grande di un cellulare, anche se lo schermo era molto più piccolo, e sotto c'era un tastierino numerico. Scott premette il pulsante di accensione e fece avviare il dispositivo.

Nel frattempo, estrasse una bomboletta spray dalla valigetta e si accovacciò a terra. Rilasciò il gas dal contenitore, puntandolo a terra verso la casa. Mentre si disperdeva, divennero visibili i raggi laser rossi che attraversavano l'area che portava alla proprietà. La trappola esplosiva che Sheppard aveva installato era ancora intatta.

Scott guardò di nuovo il dispositivo che aveva in mano. Quando una luce verde lampeggiò sul piccolo schermo, digitò un numero di dieci cifre e premette invio. Un attimo dopo, spruzzò altro gas verso il campo laser, ma non c'era più.

Si alzò in piedi, rimise la bomboletta e il dispositivo nella sua valigetta e montò sulla sua moto. Si voltò per fare cenno a Zulu di seguirlo.

Pochi istanti dopo, erano entrambi parcheggiati in un capanno di legno vicino alla casa. Scott guardò Zulu e i suoi passeggeri aprire le portiere. Quando Phoebe scese dall'auto, Scott le prese la mano e la tirò a sé. «Stai bene?»

«Ora va molto meglio», rispose lei.

«Bene». Le diede un rapido bacio sulle labbra e si voltò verso Eric e Tess. «Entriamo».

Zulu prese la mano di Tess e si diresse verso la porta d'ingresso, poi fece un cenno verso l'area che avevano appena superato. «Campo laser?»

Scott annuì. «Nel caso in cui qualcuno trovasse questo posto e si avvicinasse, salterebbe in aria».

Tess gli lanciò un'occhiata curiosa. «E gli animali qui intorno?»

Scott sorrise involontariamente. «Il sistema è piuttosto sofisticato. Riesce a distinguere tra umani e animali».

Zulu schioccò la lingua. «Sembra che Sheppard avesse qualche asso nella manica».

«Li aveva, ma alla fine non l'hanno salvato».

Phoebe gli strinse la mano. «Forse non era destinato a salvare lui, ma tutti voi. Gli agenti dello Stargate».

Arrivati alla porta d'ingresso, Scott la sbloccò ed entrò. L'interno aveva un odore stantio. Nessuno aveva aperto una finestra qui da molti anni. La casa consisteva in un'ampia zona giorno con cucina adiacente, un bagno e una camera da letto. Era arredata in modo confortevole, ma non lussuoso.

Scott invitò gli altri a entrare e chiuse la porta alle loro spalle. Azionò l'interruttore della luce e la zona giorno fu improvvisamente immersa in una luce calda.

«Non ho visto linee elettriche nella zona», commentò Zulu.

«L'energia solare proviene da pannelli a qualche chilometro di distanza e un generatore di riserva alimentato a diesel», spiegò Scott.

Zulu indicò il lavandino della cucina. «E l'acqua e le fognature?»

«Un pozzo privato e un campo di lisciviazione».

«E nessuno ha mai trovato questo posto?»

Scott scosse la testa. «Sheppard si era assicurato che non potesse essere visto dall'alto. È per questo che è circondato da alberi sempreverdi e maturi. Forniscono una fitta tettoia. Ed è per questo che ha messo i pannelli solari lontano da qui».

«Uomo intelligente».

«Restiamo qui per la notte?» Chiese Tess.

«Sì. Potete prendere il divano letto. È piuttosto comodo. Dormivo lì, quando ero un bambino». Scott indicò la porta che conduceva alla camera da letto. «Io e Phoebe prenderemo la camera da letto. Ma prima, credo che io ed Eric dovremmo sederci ed elaborare un piano d'azione».

Zulu annuì in segno di assenso. «Sì. Domani Tess e io partiremo e ci metteremo al lavoro».

«Così presto?» Chiese Phoebe. «Perché?»

«È meglio, se ci dividiamo. In questo modo riusciremo a fare di più. Non che non mi piaccia questo incantevole rifugio, ma dubito che Scott volesse che ci trasferissimo qui». Zulu sorrise.

«Non voglio sembrare inospitale, ma Eric ha ragione», concordò Scott con un sorriso. Poi tornò serio. «Lasciate che ci sistemi tutti». Guardò Phoebe e Tess. «Avete fame?» Si erano fermati a mangiare qualche ora prima.

«Ora che mi ci fai pensare, un po'», ammise Phoebe. Si guardò intorno. «Dubito che ci sia qualcosa qui. Avremmo dovuto andare a comprare, prima».

«Non preoccuparti. C'è una cantina».

Scott si diresse verso la cucina e si accovacciò vicino al muro. Scostò il tappeto e raggiunse il chiavistello, sollevando la grande botola e rivelando una scala di legno che scendeva nell'oscurità. Si avvicinò all'interno e azionò un interruttore, illuminando la cantina.

Dietro di lui, Phoebe emise un respiro. «Impressionante. Cosa c'è laggiù?»

Scott girò la testa verso di lei. «Un paio di grandi congelatori, alcuni prodotti secchi e un bel po' di cibo in scatola per sopravvivere all'apocalisse».

Phoebe scambiò uno sguardo con Tess. «Immagino che non moriremo di fame».

«Perlomeno finché ci sarà una persona che sappia cucinare», acconsentì Tess e si sedette sulla poltrona del soggiorno.

Zulu la raggiunse.

Scott prese un blocco note dalla piccola scrivania che si trovava addossata a una parete e si sedette sul divano di fronte a Zulu.

«Sembra che tu abbia un piano», esordì Zulu.

«Sì. Ho avuto molto tempo per pensare, mentre guidavo».

«Fammi sentire, allora».

Con la coda dell'occhio notò Phoebe in piedi accanto al divano. Le lanciò un'occhiata e le tese la mano in segno di invito. Lei si sedette accanto a lui e sapere che era qui con lui, viva e vegeta, lo tranquillizzò. Le rivolse un sorriso caloroso e poi tornò a guardare Zulu.

«Sappiamo che ci sono altri come noi», esordì Scott.

«Sì, ma non sappiamo chi, quanti e dove siano. Sheppard ha tenuto per sé queste informazioni».

«Beh, non tutte. Mi aveva dato un elenco dei nomi in codice di tutti i membri del programma Stargate».

«Dov'è la lista? Fammi vedere».

Scott si batté la tempia. «Qui dentro». Si preparò a scrivere. «Condividerò la lista con te». Iniziò a elencare i nomi sul foglio, partendo da Ace, il suo nome in codice, e finendo con Zulu, il nome in codice di Eric. Poi passò la lista a Zulu. «Memorizzala. Poi bruciala».

Zulu fece scorrere gli occhi sul foglio di carta. «Sono un bel po' di agenti. Non è che per caso conosci i loro veri nomi?»

«Temo che Sheppard abbia pensato che fosse troppo pericoloso che io lo sapessi».

«Beh, possiamo cancellare due nomi, il tuo e il mio. Ci restano quanto, un paio di dozzine di altri da scoprire?»

«Giusto».

«Sembra piuttosto impossibile, per come la vedo io».

«Lo so. Ma abbiamo bisogno di loro. Se abbiamo ragione e ognuno di noi ha la stessa premonizione, allora sta per succedere qualcosa di grosso. Qualcosa che dobbiamo prevenire. Ma non possiamo farlo da soli, e non possiamo capirlo da soli. Tutti sembrano avere una parte di informazione. E solo se riusciremo a mettere le mani su tutti i pezzi potremo vedere il quadro generale».

Zulu canticchiava tra sé e sé. «Sono d'accordo, ma non sarà facile stanare gli altri. Si stanno nascondendo, proprio come noi. Sicuramente penseranno che chiunque voglia trovarli lo faccia per distruggerli. Staranno attenti».

«Non mi aspetto che non usino la prudenza. Ma dobbiamo usare metodi che dicano loro che siamo loro alleati. Qualcosa che ci identifichi come agenti dello Stargate, assicurandoci di non rivelare la nostra posizione ai nostri nemici».

«Ti fidi del tuo contatto nel Deep Web?».

Scott sollevò le sopracciglia. «Vuoi dire nonostante la cazzata dell'orario? Sì».

«Potremmo usarlo per fare qualche sondaggio per noi». Zulu lanciò un'occhiata alla stanza. «C'è accesso a internet, qui?»

«Ho un sistema satellitare sicuro a cui posso collegarmi quando ne ho bisogno».

«Bene. Immagino che non ci sia un telefono qui fuori».

«No. Ma ho un cellulare sicuro su cui potrai contattarmi. E ci sono altre attrezzature sepolte sotto il capannone all'esterno. Abbiamo tutto ciò che serve per creare un centro di comando qui. Almeno per ora, finché non riuscirò a trovare qualcosa di più permanente e meno remoto. È il massimo della sicurezza che potremo mai ottenere».

«Bene. Facciamo così. Potremmo riuscire a trovarne gli altri, in questo modo».

«Buona idea. Ma ci sono anche altri modi. Sei stato avvisato perché ho agito in base alla mia premonizione. Dobbiamo presumere che anche gli altri membri dello Stargate agiranno in base alle loro. Dobbiamo monitorare le notizie».

«Posso aiutarvi io, con quelle», disse Phoebe accanto a lui.

Scott e Zulu girarono la testa verso di lei.

«Non c'è bisogno che tu sia coinvolta in tutto questo», disse Scott.

«Lo sono già. Potresti anche lasciarmi usare le mie capacità. Ci sono dentro anch'io. Quello stronzo mi avrebbe uccisa!»

Scott sentì un brivido freddo lungo la schiena al ricordo di Phoebe nelle mani dell'assassino.

Zulu ridacchiò. «Il mio suggerimento è di cedere». Lanciò un'occhiata a Tess. «Ho imparato che una volta che una donna ha deciso, ogni resistenza è inutile».

Scott incrociò gli occhi di Phoebe. «Ne parleremo più tardi». Poi lanciò un'occhiataccia a Zulu. «E io che pensavo che, come collega agente Stargate, saresti stato dalla mia parte».

«*Sono* dalla tua parte».

«Come è nato Nome in Codice Stargate?» Chiese Phoebe.

«Henry Sheppard lavorava alla CIA», esordì Scott. «Aveva l'ESP, anche se nessuno lo sapeva, ma aveva intuito di non essere l'unico ad avere questo dono. La sua missione nella vita diventò trovare persone come lui, persone che possedessero il dono della preveggenza. Sapeva che esistevano, perché aveva trovato me. Quando ho compiuto diciotto anni, ha usato la sua influenza per farmi entrare nel programma di addestramento della CIA e, in segreto, ha creato Nome in Codice Stargate con me e lui come primi due agenti. Ci credeva molto. E si dimostrò che aveva ragione. Gli agenti di Stargate avevano un dono. Ed è reale. Lui era dedito al suo lavoro. È ora che Stargate risorga».

Zulu sorrise. «Da dove cominciamo?»

«Dovremo tenere d'occhio le notizie. Sappiamo che il nostro nemico sta facendo lo stesso. È in questo modo che chi ha ingaggiato l'assassino deve essere stato avvisato di me. Dobbiamo essere più veloci di lui».

Zulu annuì. «Sappiamo cosa stiamo cercando. Sappiamo il modo in cui pensano gli altri, come sono stati addestrati. Tu, meglio di tutti, sei in grado di gestire questa situazione. Ecco perché Sheppard ti ha dato quella lista. Voleva che tu prendessi il controllo, nel caso in cui gli fosse successo qualcosa. Voleva che il programma sopravvivesse. Credo che glielo dobbiamo».

«Questa volta nessuno sarà in grado di fermarci», profetizzò Scott.

«Perché questa volta lavoreremo insieme, non in modo isolato. Questo era l'unico difetto del pensiero di Sheppard. Ci ha tenuti separati l'uno dall'altro, pensando che saremmo stati troppo potenti, se avessimo lavorato insieme».

Ma insieme potevano evitare l'imminente disastro che Scott e Zulu avevano visto nelle loro visioni e compiere il loro destino.

24

Phoebe guardò Scott entrare in camera da letto, con i capelli ancora umidi dalla doccia. Indossava i pantaloni del pigiama, ma non la maglia. La vista del suo corpo virile la fece sentire subito meglio. L'ansia causata dal suo calvario per mano di un assassino si stava finalmente dissolvendo, per lasciare spazio a sensazioni più piacevoli. Ora era al sicuro. Al sicuro con Scott e grazie a lui.

«Sei stanca?» La sua voce ricca e melodica affondò nel corpo di lei mentre si avvicinava al letto.

Scosse la testa. «Non così stanca». Spinse giù il piumino, esponendo il suo torso nudo.

Le labbra di Scott si incurvarono verso l'alto, trasformandosi in un sorriso. «Ci speravo». Allentò il nodo che teneva su i pantaloni del pigiama e li lasciò cadere sul pavimento.

Immediatamente Phoebe si godette la sua nudità. Il suo cazzo gli pendeva pesantemente tra le gambe, spesso e lungo... e si alzava a ogni passo che faceva verso di lei.

Quando lui sollevò il piumone e ci scivolò sotto, le si seccò la bocca. Le sembrava un'eternità da quando avevano fatto l'amore e solo ora si rese conto della portata del suo bisogno di sentirlo dentro di sé. Ma questo avrebbe dovuto aspettare qualche minuto, finché non avesse detto quello che aveva in mente.

Scott fece per toccarla.

Prima che il suo coraggio potesse abbandonarla, disse: «Ho deciso di venire a vivere con te».

Scott si bloccò nel suo movimento. «Phoebe...»

«No, ti prego, ascoltami», lo interruppe lei e gli strinse la mano intorno al polso. «Riguardo a quello che ho detto a te ed Eric oggi, dicevo sul serio. Posso aiutarvi. So come far arrivare le notizie al pubblico prima degli altri. Ho dei contatti. Posso scoprire cose a cui tu ed Eric non avete accesso. Ti prego!»

Lui sospirò. «Phoebe...»

«Hai bisogno di me. E sai bene quanto me che non posso tornare alla mia vecchia vita. Chiunque abbia mandato l'assassino ne manderà un altro e mi costringerà a rivelare il tuo nascondiglio. E non posso sopportare molto dolore. Crollerei. Ecco perché dovrò vivere con te».

Una risatina uscì dalle labbra di Scott.

Sorpresa, lo fulminò con lo sguardo. «Cosa c'è di così divertente?»

«Tu, che stai spiegando perché vuoi vivere con me».

«Ma sono tutte ragioni valide».

Scosse la testa. «C'è solo una ragione valida per cui ti lascerei venire a vivere con me». Liberò il polso dalla presa di lei e le fece scivolare la mano sulla nuca, avvicinando il viso a quello di lui. «Allora, me la darai la ragione giusta o dovrò torturarti?»

I suoi occhi cercarono quelli di lui e la sua mente si svuotò. Un motivo valido? Di cosa stava parlando?

«Phoebe, sto aspettando». Non c'era minaccia, nella sua voce. Invece, sembrava divertito.

«Io... io... sto pensando». Tuttavia, la sua mente rimase vuota. Forse non se la cavava così bene sotto pressione, come aveva pensato in precedenza.

«Oh, Phoebe, è davvero così difficile? Forse dovrei dirti il motivo per cui stasera ti avrei chiesto se volessi restare con me».

«Volevi *chiedermelo*?»

«Sì, ma credo che la tua bocca funzioni un po' più velocemente della mia. Immagino che, visto che sei una giornalista, ci sia da aspettarselo». Ridacchiò. «Anche se sembra che tu abbia qualche problema a parlare, in questo momento. Forse dovrei approfittare di questa occasione per dire quello che ho da dire». Le accarezzò la mascella con il pollice. «Mi sono innamorato di te, Phoebe. Non so come sia successo, ma è successo. Quando ho visto le mani dell'assassino intorno al tuo collo, mi è sembrato che stesse soffocando me, invece di te. Non voglio mai più sentirmi così. Vedi, è per questo che devi venire a vivere con me. Perché non posso vivere senza sapere se sei al sicuro. E l'unico modo per assicurarmene è averti al mio fianco».

La bocca di lei si spalancò e i suoi occhi si riempirono di lacrime. Scott la amava.

«Allora, che ne dici di dirmi subito perché vuoi davvero venire a vivere con me, eh?» Mormorò lui, con il respiro che le sfiorava le labbra. «Preferibilmente prima che ti butti sotto di me e faccia l'amore con te tutta la notte».

«Ti amo». Le parole le uscirono all'improvviso.

«Era così difficile?»

Le labbra di Scott scesero sulle sue e le tolsero il fiato. La sua bocca era calda e la sua lingua esigente, mentre la baciava. Le sue mani sulla pelle cancellarono il residuo di stanchezza, eccitando il suo corpo e la sua mente.

Lui la spinse contro le lenzuola e lei accolse il suo corpo caldo e duro e si lasciò cadere. Le sue mani la esplorarono, accarezzarono la sua pelle surriscaldata, toccando i suoi seni nudi e stringendoli delicatamente, quasi con riverenza. Come se la venerasse. Lei lo avvolse fra le sue braccia e fece scivolare la mano sulla sua nuca, accarezzandolo.

Phoebe accolse con soddisfazione femminile il brivido visibile che percorse la schiena di lui. Evidentemente non era l'unica a essere fuori controllo.

Scott tirò indietro la testa e la guardò. «Ho bisogno di te, piccola».

Phoebe sentì un sorriso allargarsi sulle labbra. «Tu mi hai, anima e corpo».

Dagli occhi di Scott trasparirono lussuria e passione. «Allora non ti dispiacerà, se prendo quello che mi serve, vero?» La mano di lui si spostò sul davanti e scivolò tra le sue gambe, toccando il suo sesso.

Il suo respiro si fece affannoso e si leccò le labbra. «Tutto quello che vuoi».

«Tutto?» Il luccichio dei suoi occhi divenne malizioso.

Il battito cardiaco di Phoebe aumentò. Mise la sua mano sopra quella di lui e premette contro un suo dito, spingendolo dentro di lei. La sua schiena si sollevò dal materasso, mentre sentiva l'invasione. Lentamente, Scott iniziò a spingere il dito dentro e fuori.

«Lo prendo come un sì».

Phoebe canticchiò il suo consenso e chiuse gli occhi, godendosi il suo tocco. Ma il suo piacere durò poco, perché lui tolse improvvisamente il dito. Prima che lei potesse protestare, lui la fece rotolare sullo stomaco. Un attimo dopo, la sua mano era di nuovo tra le sue gambe e stava immergendo le dita nella sua umidità.

Istintivamente, lei allargò le gambe e lui si infilò nello spazio che lei aveva creato per lui. Poi le afferrò i fianchi e se la tirò sulle ginocchia, in modo che il suo sedere puntasse verso l'alto. Avrebbe dovuto sentirsi esposta in questa posizione, vulnerabile, ma l'unica cosa che riusciva a pensare era di avere Scott dentro di sé. Si sostenne sui gomiti.

«Mi dispiace che stasera non ci saranno i preliminari, Phoebe. Ma se non ti prendo adesso, scoppierò. Lo capisci, vero?»

Sentiva già la punta del suo cazzo sul suo sesso. Poi lui si tuffò dentro di lei senza preamboli, entrando fino alla base. La potenza dell'impatto le fece perdere l'equilibrio e cadere con il viso sul cuscino. Il suo sussulto sorpreso fu soffocato prima che riuscisse a sollevare di nuovo la testa.

Il contatto della carne sulla carne fu inebriante. Non aveva mai provato un'emozione del genere e capì subito perché: Scott non stava usando il preservativo. Ma prima che lei potesse reagire, lui si mise a spingere sempre più forte e più velocemente, spegnendo ogni pensiero logico nella sua mente. I gemiti le uscirono dalle labbra, suoni di piacere che non riusciva a trattenere dentro di sé, e poi chiamò il suo nome.

«Scott! Oh, Dio!»

Le sue parole sembrarono spronarlo ancora di più. Il suo respiro pesante riempì la stanza e i suoi gemiti e grugniti rimbalzarono sulle pareti. Il suo cazzo era duro come il ferro e implacabile. E irresistibile. Scott non era mai stato così selvaggio. Appassionato, sì, ma non così fuori controllo. Istintivamente capì perché: avevano affrontato la morte insieme e avevano trionfato, ma lo scampato pericolo aveva fatto capire a entrambi quanto fosse preziosa la vita.

Phoebe accolse con favore l'impetuosità di Scott. Sembrava che lui volesse segnarla, lasciare la sua impronta su di lei, quasi per marchiarla. Come se volesse dimostrare al mondo che lei era sua e che chiunque le avesse fatto del male sarebbe stato gestito rapidamente e con forza letale.

Mentre si muoveva in armonia con lui, sentì anche la loro connessione emotiva. Non si trattava di una scopata frenetica, o di un accoppiamento spensierato, ma di una fusione tra corpo e anima. Nonostante l'apparente dominanza della posizione scelta da Scott, non si sentì sottomessa o debole. Si sentì una partner alla pari, in grado di far impazzire di desiderio il suo uomo.

«Oh cazzo, Phoebe!» gemette tra una spinta e l'altra. «Sto per venire!»

Scott le tolse una mano dal fianco e la fece scivolare sul davanti, portandola sul suo sesso e bagnandosi le dita. Poi le strofinò il clitoride, mentre continuava a spingere dentro di lei da dietro.

«Vieni con me, piccola!»

Con una maggiore pressione, il suo dito continuò a sfregare sul suo centro del piacere, aggiungendosi a quello che lei traeva dal suo cazzo che spingeva. Il suo battito cardiaco accelerò e ansimò: il suo corpo si stava preparando, sapendo cosa stava per accadere. Si tese. Un attimo dopo, un'ondata di piacere la investì e un gemito le uscì dalle labbra.

Dietro di lei, Scott gemette e il suo cazzo sussultò improvvisamente dentro di lei. Lei sentì il caldo flusso del suo sperma riempirla e le spinte di lui rallentare, fino a quando non si fermò, prima di crollare e rotolare via da lei. Immediatamente, la tirò a sé, cullandola contro il suo petto ansante e strofinando il viso nell'incavo del suo collo.

«Oddio, Phoebe, è stato fantastico».

Lei sospirò soddisfatta e gli strinse la mano, ma c'era comunque qualcosa che la preoccupava. «Scott, non abbiamo usato il preservativo».

«Sì, a proposito di questo». Esitò. «Ho avuto un'altra premonizione».

Immediatamente allarmata, Phoebe girò la testa e lo fissò negli occhi. Stava forse cercando di dirle che un assassino l'avrebbe presa, alla fine e che per questo non c'era bisogno di preoccuparsi di una gravidanza? Il cuore le batté all'impazzata. «Su cosa?»

«Il nostro futuro... la nostra famiglia».

«La nostra famiglia?»

Scott spostò la testa per avvicinare le sue labbra a quelle di lei. «Ho visto un bambino su una slitta. Lo stavo spingendo giù per una collina e tu lo stavi aspettando in fondo. Sembravi più vecchia di qualche anno e il tuo cappotto invernale mostrava un grosso pancione. Eri di nuovo incinta». Strofinò il palmo della mano sul suo ventre piatto.

Sollievo e sorpresa si scontrarono dentro di lei. Sarebbe sopravvissuta? E lei e Scott avrebbero avuto dei figli insieme? Un futuro? Una casa? Sopraffatta da questa notizia, non riuscì a pronunciare una sola parola.

Scott premette il suo cazzo ancora semi-eretto contro di lei e sorrise. «Allora perché non continuiamo a fare pratica, adesso?»

Phoebe gli accarezzò la coscia, prima di far scivolare la mano sul suo cazzo, facendolo respirare con un sibilo. «Sì, perché non lo facciamo?»

INFORMAZIONI SULL'AUTRICE

Tina Folsom è nata in Germania e vive in paesi anglofoni dal 1991. È un'autrice bestseller del *New York Times* e di *USA Today*. La sua serie bestseller, *Vampiri Scanguards*, ha venduto oltre 2 milioni di copie in tutto il mondo. Tina ha scritto oltre 50 libri, pubblicati in inglese, tedesco, francese, italiano e spagnolo. Tina scrive di vampiri (serie *Vampiri Scanguards* e *Vampiri di Venezia*), divinità greche (serie *Fuori dall'Olimpo*), immortali e demoni (serie *Guardiani Furtivi*), agenti della CIA (serie *Nome in Codice Stargate*), viaggiatori nel tempo (serie *Time Quest*) e scapoli (serie *Il Club di Scapoli*).

Tina è sempre stata un'amante dei viaggi. Ha vissuto a Monaco (Germania), Losanna (Svizzera), Londra (Inghilterra), New York City, Los Angeles, San Francisco e Sacramento. Oggigiorno, ha fatto di una città balneare della California meridionale la sua casa permanente, assieme al marito e al loro cane.

Per saperne di più su Tina Folsom:
Visita il suo sito web: https://tinawritesromance.com/edizioni-italiane/
Iscriviti alla sua newsletter: https://tinawritesromance.com/newsletters/
Seguila su Instagram: https://www.instagram.com/authortinafolsom/
Iscriviti al suo canale YouTube: https://www.youtube.com/c/TinaFolsomAuthor
Seguila su Facebook: https://www.facebook.com/TinaFolsomFans/

Printed by Libri Plureos GmbH in Hamburg, Germany